百部红色经典

天山牧歌

闻捷 著

北京联合出版公司
Beijing United Publishing Co.,Ltd.

图书在版编目（CIP）数据

天山牧歌 / 闻捷著. -- 北京：北京联合出版公司，
2021.3（2023.7重印）
（百部红色经典）
ISBN 978-7-5596-4866-2

Ⅰ.①天… Ⅱ.①闻… Ⅲ.①诗集—中国—当代
Ⅳ.①I227

中国版本图书馆CIP数据核字(2020)第267057号

天山牧歌

作　　者：闻　捷
出 品 人：赵红仕
责任编辑：李艳芬
封面设计：赵银翠

北京联合出版公司出版
（北京市西城区德外大街83号楼9层 100088）
北京新华先锋出版科技有限公司发行
涿州汇美亿浓印刷有限公司印刷　新华书店经销
字数250千字　787毫米×1092毫米　1/16　15印张
2021年3月第1版　2023年7月第2次印刷
ISBN 978-7-5596-4866-2
定价：49.00元

出版前言

为庆祝中国共产党成立100周年，全面展现中国共产党成立以来中华民族辉煌的发展历程、取得的伟大成就和宝贵经验，集中体现中华民族的文化创造力和生命力，北京联合出版公司策划了"百部红色经典"系列丛书，希望以文学的形式唱响礼赞新中国、奋斗新时代的昂扬旋律。

本套丛书收录了近一百年来，描绘我国人民在中国共产党的领导下艰苦奋斗、开拓创新、改革开放的壮美画卷，充分展现我国社会全方位变革、反映社会现实和人民主体地位、弘扬社会主义核心价值观、讴歌中华民族伟大复兴中国梦的100部文学经典力作。

本套丛书汇集了知侠、梁晓声、老舍、李心田、李广田、王愿坚、马烽、赵树理、孙犁、冯志、杨朔、刘白羽、浩然、李劼人、高云览、邱勋、靳以、韩少功、周梅森、石钟山等近百位具有代表性的中国现当代著名作家。入选作品中,有国民革命时期探索革命道路的《革命的信仰》《中国向何处去》,有描写抗日战争的《铁道游击队》《敌后武工队》《风云初记》《苦菜花》,有描绘解放战争历史画卷的《红嫂》《走向胜利》《新儿女英雄续传》,有展现新中国建设历程的《三里湾》《沸腾的群山》《激情燃烧的岁月》,有寻找和重建民族文化自信的《四面八方》,也有改革开放后反映中国社会现状、探索中国道路的《中国制造》,同时还收录了展现革命英雄人物光辉事迹的《刘胡兰传》《焦裕禄》《雷锋日记》等。

本套丛书讲述了丰富多样的中国故事,塑造了一大批深入人心的中国形象,奏响了昂扬奋进的中国旋律。这些经历了时间检验的文学作品,在艺术表现形式、文学叙述方式和创作技巧等方面都具有开拓性和创造性,作品的质量、品位、风格、内涵等方面都具有很高的水准,都是有筋骨、有道德、有温度的优秀作品,很多作家的作品都曾荣获"五个一工程奖""茅盾文学奖""鲁迅文学奖""国家图书奖"等奖项。

为将该套丛书打造成为集思想性、艺术性、时代性为一体,展现新时代文学艺术发展新风貌的精品图书,北京联合出版公司成立了由出版界、文学艺术界的资深专家和学者组成的编辑委员会。他们从文学作品的历史价值、文学价值、学术价值、现实意义等维度对作品进行了深入细致的研读和筛选，吸收并借鉴了广大读者的意见与建议，对入选作品进行深入细致的分析与综合评定，努力将"百部红色经典"系列丛书打造成为政治性、思想性和艺术性和谐统一的优秀读物，向伟大的中国共产党成立100周年这一光荣的日子献礼！

目 录

天山牧歌

博斯腾湖滨

吐鲁番情歌

附　录

序　诗

生活，生活在召唤啊！
我漫游沸腾的绿洲和草原。

漫长的路从脚底滑过，
日历表上画满了红圈。

白日我和年轻人一同劳动，
领受红漆盘托出的羊肉抓饭。

月夜我听老艺人弹唱古今，
铺一席绿草，盖一块远天。

博斯腾湖像只神秘的碗，
人们的幸福永远注不满。

塔里木河的水流向天边，
人们有满怀欣喜长流不断。

　＊本书收录的作品均为闻捷的代表作。其作品在字词使用和语言表达等方面均具有鲜明的时代特色。此次出版，根据作者早期版本进行编校，文字尽量保留原貌，编者基本不做更动。

我从东到西、从北到南，
处处看到喷吐珍珠的源泉。

记载下各民族生活的变迁，
岂不就是讴歌人民的诗篇？

热血在我的胸中鼓动，
激发我写出了所闻所见。

可是我这双笨拙的手啊，
只摘下参天杨的绿叶一片。

天山牧歌

博斯腾湖滨

　　博斯腾湖位于塔里木盆地东北边缘上，方圆约四、五百里，是新疆最大的淡水湖，盛产鱼类；湖滨为著名的和硕草原，水草丰美，牛羊成群。这里，聚居着勤劳、勇敢而淳朴的蒙古族人民。

——摘自 1952 年 9 月 1 日的日记

向　导

出了喀喇沙尔城，
来到开都河对岸，
向导带领我们，
走进和硕草原。

我们的向导异常英俊，
他是个才十八岁的蒙古青年，
我们并马缓缓地行，
掏出赤诚的心相谈——

他生长在开都河畔，
热爱着和硕草原，
他爱雪白的羊群，
更爱牧羊的姑娘乌兰；

天上飞过一块乌云，
他要抬头看一看，
迎面走来一个生人，
他要下马盘一盘；

他珍重和平的生活，
他爱自由幸福的家园，
他想用自己的双手，
把未来建设得更加美满。

我试问假如有这样一天，
垂死的敌人胆敢来侵犯，
梦想践踏祖国的河山，
那时候他将怎样打算？

他没有立刻给我答案，
却放开缰绳、扬起皮鞭，
他的马跑得一溜烟，
马背上好像驮着一座山；

他纵马蹿过草墩，
他纵马跃过壕堑，
他还用右脚钩住鞍镫，
翻身钻在马肚子下面……

他兜转马头奔到我面前，
脸也没有红、气也没有喘，
他笑着问我："那时候，
我能不能做个骑兵战斗员？"

1952 年—1954 年

乌鲁木齐—北京

005

远　眺

开都河流向东南，
在草原上弯了一弯，
我们涉过第三道水，
博斯腾湖出现在眼前。

天呵，更高更蓝，
草原呵，更绿更宽，
博斯腾湖呵看不到边，
天连着水、水连着天；

肥美的牧草贴着地面，
金色的花朵开在上边，
湖风送来牧人的对唱，
羊群沐浴在阳光里面；

湖面上掠过雁群，
白天鹅飞上蓝天，
散布在湖滨的帐篷，
飘起淡蓝的炊烟……

我们的心沉醉了，
忘记了挥动皮鞭；
但是矫健的蒙古马呵，
它们却欢跳着奔驰向前。

我们到了巴彦部落，
猎狗迎着马头叫唤；

好客的主妇们出来了，
欢迎政府的工作人员。

猎 人

互助组长放牧去了，
太阳落山才能回来，
女主人为我们准备午饭，
为难的是没有下酒的菜。

孩子请来了苏木尔大叔，
他是有名的打狼模范，
你问他打过多少只狼？
再打一只，就是一千。

他点燃一支香，
插在我们面前，
他要猎取几只野味，
请客人尝一尝新鲜；

他一手掭起猎枪，
一纵身跃上马鞍，
我望着那魁梧的背影，
想起他们骁勇的祖先。

他那匹银灰色骏马，
像一只饱满的风帆，
在绿色海洋中，
乘风破浪向前；

芦苇遮断我的视线，
三声枪响传到耳边，

我在女主人眉梢上，
看到飞舞三次喜欢。

当他快马归来，
枪尖上挑着三只大雁，
我们回到帐篷，
那支香还冒着一缕青烟。

他婉谢我们的邀请，
回去召集打狼队员，
今天要巡猎到另一个牧场去，
因为这里已经没有狼患。

1952 年—1954 年
乌鲁木齐—北京

晚 归

在这宁静的九月黄昏，
草原上飘来一朵白云；
那是牧人们归来了，
赶着心爱的羊群。

骑马领队的克里更，
他是草原上一只鹰；
他找到了一把金铸的钥匙，
打开了草原上幸福的门；

牧人们赶着羊群，
歌抒自己的心情：
"我们的羊呀合了群，
我们的人呀齐了心……"

羊群越走越近，
歌声越听越真，
女人们跑出帐篷，
打开羊栏的大门；

人喊、狗咬、羊叫，
喧闹温暖了女人的心，
她们用妩媚的笑，
洗去牧人心上的风尘。

牧人们跟着妻子回去了，
暮色笼罩住几对青年人，

巡夜的老爷爷打趣地问：

"你们哪天搬进一个帐篷？"

1952 年—1954 年

乌鲁木齐—北京

宴　客

牧人们宰杀一只羔羊，
为远道的来客接风，
他们轮流地把着酒壶，
一再地劝我们多饮——
这杯中盛满的酒浆啊，
是那真挚的友情酿成。

干杯！牧人以赤诚的语言，
祝福祖国的青春；
干杯！牧人用鲜艳的花朵，
感谢汉族的弟兄
干杯！牧人把一万个健康，
献给人民的父亲……

帐篷里扬起了笑声，
融合在淡黄的酒浆中；
帐篷里沸腾着掌声，
催促着客人放怀畅饮；
帐篷里响起了马头琴，
给客人增添了三分酒兴。

克里更高举一杯酒，
仰起脖子一饮而尽，
然后又用粗大的手掌，
抹干沾着酒浆的嘴唇；
他答复客人的询问，
眼睛亮过秋夜的星星——

"我们生活得怎样？
请看每一个牧人的笑容；
我们怎能这样生活？
请听牧人们洪亮的歌声。"
这时，帐篷里哄地响起——
"东方红，太阳升……"

志　愿

牧人们乘着酒兴，
纵谈自己的志愿，
他们想把和硕草原，
建设成人间的乐园——

牧场上奔跑割草机，
部落里开设兽医院，
湖边站起乳肉厂，
河上跨过水电站……

在熊熊的灶火旁边，
滚动一双乌黑大眼；
小姑娘林娜哟！
你有什么志愿？

高不过博克达山，
宽不过和硕草原；
蒙古姑娘的志愿呵，
比山还高比草原还宽。

林娜仰起火光映红的脸，
她愿终身做一个卫生员，
在蓝缎子长袍上，
套一件白色罩衫；

她将骑上智慧的白马，
跑遍辽阔的和硕草原，

让老爷爷们活到一百岁，
把婴儿的喧闹接到人间；

她愿古老的蒙古民族，
人口一天一天地增添，
在这美丽的故乡，
实现共同的志愿——

牧场上奔跑割草机，
部落里开设兽医院，
湖边站起乳肉厂，
河上跨过水电站……

1952 年—1954 年
乌鲁木齐—北京

夜　谈

我们接受巴鲁邀请，
和他同宿一个帐篷；
在昏黄的灯光下，
他打开记忆之门——

他生在"中华民国"元年，
只有收税官记得他是"国民"；
在那漫长的三十八年，
他尝尽了人间的苦痛……

爷爷留下什么房子？
三根棍支起一顶破毡棚，
爸爸留下的羊皮袄，
补丁上面盖着补丁；

他在牧主的领地上，
光着屁股度过童年；
他赶着牧主的羊群，
赤着脚板送走了青春；

饥饿拧痛他的肚肠，
寒冷追逐他的脚踪；
他口袋里没有一文小钱，
也没有亲近过一个女人……

他挑亮小桌上那盏灯，
灯光照亮了整个帐篷；

三十八年过去了，
穷苦的牧人翻了身。

在帐篷的那边，
响着他妻儿轻匀的鼾声；
在帐篷的外面，
他的羊群在咩咩低鸣。

他比了一个简单手势，
我听到他心底的声音——
蒙古人有了祖国，
蒙古人永远跟着毛泽东。

1952 年—1954 年
乌鲁木齐—北京

吐鲁番情歌

苹果树下

苹果树下那个小伙子，
你不要、不要再唱歌；
姑娘沿着水渠走来了，
年轻的心在胸中跳着。
她的心为什么跳呵？
为什么跳得失去节拍？……

春天，姑娘在果园劳作，
歌声轻轻从她耳边飘过，
枝头的花苞还没有开放，
小伙子就盼望它早结果。
奇怪的念头姑娘不懂得，
她说：别用歌声打扰我。

小伙子夏天在果园度过，
一边劳动一边把姑娘盯着，
果子才结得葡萄那么大，
小伙子就唱着赶快去采摘。
满腔的心思姑娘猜不着，

她说，别像影子一样缠着我。

淡红的果子压弯绿枝，
秋天是一个成熟季节，
姑娘整夜整夜地睡不着，
是不是挂念那树好苹果？
这些事小伙子应该明白，
她说：有句话你怎么不说？

……苹果树下那个小伙子，
你不要、不要再唱歌；
姑娘踏着草坪过来了，
她的笑容里藏着什么……
说出那句真心的话吧！
种下的爱情已该收获。

1952 年—1954 年
乌鲁木齐—北京

夜莺飞去了

夜莺飞去了，
带走迷人的歌声；
年轻人走了，
眼睛传出留恋的心情。

夜莺飞向天边，
天边有秀丽的白桦林；
年轻人翻过天山，
那里是金色的石油城。

夜莺飞向蔚蓝的天空，
回头张望另一只夜莺；
年轻人爬上油塔，
从彩霞中瞭望心上的人。

夜莺怀念吐鲁番，
这里的葡萄甜、泉水清；
年轻人热爱故乡，
故乡的姑娘美丽又多情。

夜莺还会飞来的，
那时候春天第二次降临；
年轻人也要回来的，
当他成为一个真正矿工。

1952 年—1954 年

乌鲁木齐—北京

葡萄成熟了

马奶子葡萄成熟了，
坠在碧绿的枝叶间，
小伙子们从田里回来了，
姑娘们还劳作在葡萄园。

小伙子们并排站在路边，
三弦琴挑逗姑娘心弦，
嘴唇都唱得发干了，
连颗葡萄子也没尝到。

小伙子们伤心又生气，
扭转身又舍不得离去：
"悭吝的姑娘啊！
你们的葡萄准是酸的。"

姑娘们会心地笑了，
摘下几串没有熟的葡萄，
放在那排伸长的手掌里，
看看小伙子们怎么挑剔……

小伙子们咬着酸葡萄，
心眼里头笑眯眯：
"多情的葡萄！
她比什么糖果都甜蜜。"

1952 年—1954 年

乌鲁木齐—北京

舞会结束以后

深夜，舞会结束以后，
忙坏年轻的琴师和鼓手，
他们伴送吐尔地汗回家，
一个在左，一个在右……

琴师踩得落叶沙沙响，
他说："葡萄吊在藤架上，
我这颗忠诚的心呵，
吊在哪位姑娘辫子上？"

鼓手碰得树枝哗哗响，
他说："多少聪明的姑娘！
她们一生的幸福呵，
就决定在古尔邦节晚上。"

姑娘心里想着什么？
她为什么一声不响？
琴师和鼓手闪在姑娘背后，
嘀咕了一阵又慌忙追上——

"你心里千万不必为难，
三弦琴和手鼓由你挑选……"
"你爱听我敲一敲手鼓？"
"还是爱听我拨动琴弦？"

"你的鼓敲得真好，
年轻人听见就想尽情地跳；

你的琴弹得真好，
连夜莺都羞得不敢高声叫。"

琴师和鼓手困惑地笑了，
姑娘的心难以捉摸到：
"你到底爱琴还是爱鼓？
你难道没有做过比较？"

"去年的今天我就做了比较，
我的幸福也在那天决定了，
阿西尔已把我的心带走，
带到乌鲁木齐发电厂去了。"

1952 年—1954 年
乌鲁木齐—北京

金色的麦田

金色的麦田波起麦浪，
巴拉汗的歌声随风荡漾，
她沿着熟识的小路，
走向那高大的参天杨。

青年人的耳朵听得最远，
热依木早就迎到田埂上，
镰刀吊在小树胳膊上，
绳子躺在麦草垛身旁。

巴拉汗走着走着低下头，
拨弄得麦穗沙沙发响；
热依木的胸脯不住起伏，
试问姑娘要到什么地方？

姑娘说："像往常一样，
我要到渠边洗衣裳，
不知怎么又走错了路……
嗳！你闻这麦穗多么香！"

青年说："和往常一样，
你又绕道给我送来馕？……
哟！斑鸠叫得多么响亮，
它是不是也想尝一尝？"

巴拉汗拿起镰刀去帮忙，
热依木笑着掰开一个馕；

他说："咱们一人吃一半，
包管越吃味道越香。"

巴拉汗羞得脸发烫，
她说："那得明年麦穗黄，
等我成了青年团员，
等你成了生产队长。"

1952 年—1954 年

乌鲁木齐—北京

告诉我

告诉我，我的姑娘！
当春风吹到吐鲁番的时候，
你可曾轻轻呼唤我的名字？
我守卫在蒲犁边卡上。

我常常怀念诞生我的村庄，
那里有我幼时种植的参天杨；
在淡绿的葡萄花丛中，
你和百灵鸟一同纵情歌唱。

此刻，我正在漫天风雪里，
监视着每一棵树、每一座山冈：
只要我一想起故乡和你，
心里就增添了一股力量。

当我有一天回到你身旁，
立即向你伸出两条臂膀，
你所失去的一切一切，
在那一霎间都会得到补偿。

告诉你，我的姑娘！
我过去怎样现在还是怎样，
我永远地忠实于你，
像永远忠实于祖国一样。

1952 年—1954 年

乌鲁木齐—北京

种瓜姑娘

东湖瓜田百里长，
东湖瓜名扬全疆，
那里有个种瓜的姑娘，
姑娘的名字比瓜香。

枣尔汗眼珠像黑瓜子，
枣尔汗脸蛋像红瓜瓢，
两根辫子长又长，
好像瓜蔓蔓拖地上。

年轻人走过她瓜田，
都央求她摘个瓜尝尝，
瓜子吐在手心上，
带回家去种在心坎上。

年轻人走过她身旁，
都用甜蜜的嗓子来歌唱，
把胸中燃烧的爱情，
倾吐给亲爱的姑娘。

充满爱情的歌谁不会唱？
歌声在天山南北飞翔，
枣尔汗唱出一首短歌，
年轻人听了脸红脖子胀——

"枣尔汗愿意满足你的愿望，
感谢你火样激情的歌唱；

可是，要我嫁给你吗？

你衣襟上少着一枚奖章。"

1952 年—1954 年

乌鲁木齐—北京

果子沟山谣

河　边

你住在小河那边，
我住在小河这边，
你我心意相投，
每天隔河相见。

两个年轻影子，
映在小河里面，
该不是雪山尖上，
盛开了两朵雪莲？

你婉转的歌喉，
给了我满心喜欢；
你爱的不是别人，
正是我牧羊青年。

我以激情的手势，
回答你的爱恋；
为了纯真的爱情，
我愿把一切呈献。

你爱我一身是劲，
我爱你双手能干，
牧羊人爱牧羊人，
就像绿水环绕青山。

你住在小河那边，
我住在小河这边，
你我心意相投，
小河怎能阻拦？

1952 年—1955 年
乌鲁木齐—北京

追 求

你不擦胭脂的脸，
比成熟的苹果鲜艳；
一双动人的眼睛，
像沙漠当中的清泉。

你赶羊群去吃草，
我骑马追到山前；
你吆羊群去饮水，
我骑马跟到河边。

我是一个勇敢的猎人，
保护你的羊群平安，
你问我另有什么愿望？
请看看我的两只眼。

你要我别在人前缠你，
除非当初未曾相见，
去年的劳动模范会上，
你就把我的心搅乱；

你要我别在人前夸你，
除非舌头不能动弹，
你光荣的劳动事迹，
为什么不该传遍草原？

你纵然把羊群吆到天边，
我也要抓住云彩去赶；

你纵然把羊群赶到海角，
我也会踩着波浪去撵。

你脸上装出对我冷淡，
心里却盼我留在你身边；
我固执地追求着你呵，
直到你答应我的那一天。

1952 年—1955 年
乌鲁木齐—北京

赛 马

乡亲们哄地笑了，
笑声羞红我的脸，
今天和我赛马的人，
正是我热爱的青年。

我和他并着马头走，
走向草地边缘，
在我们身背后，
盯着无数羡慕的眼。

马呵走慢一点，
马呵靠拢一点，
我心爱的人呵，
有许多知心话要谈——

他的话像小河流水，
句句渗入我的心田：
"倘若两颗心一样真诚，
美满的爱情永远美满。"

他还谈到未来的日子，
孩子会带来更多的温暖，
男孩子叫他哈力克，
女孩子叫她赫利曼……

他的话还没有说完，
我们就到了起赛地点，

他勒转马头扬起鞭，
像一颗流星划过暗蓝的天。

他的心眼多么傻呵，
为什么一再地快马加鞭？
我只想听完他的话，
哪里会真心把他追赶。

我是一个聪明姑娘，
怎么能叫他有一点难堪？
为了堵住乡亲们的嘴巴，
最多轻轻地打他一鞭。

1952 年—1955 年
乌鲁木齐—北京

爱　情

我最心爱的回来了，
胸前挂着战斗奖章，
他住在公路转弯的地方，
那里有座小小的平房。

他是一个有名的射手，
追剿过乌斯满匪帮，
战斗中失去一只左手，
回来做了护路队长。

我最心爱的回来了，
为什么不到我家来做客？
难道我所等待的人，
他的心变了颜色？

清晨，我挤一碗鲜羊奶，
轻轻地放上他的窗台；
但愿他记起我的爱情，
和碗里的奶子一样洁白。

深夜，我倚着帐篷的门，
紧紧地盯着他的窗棂；
但愿他对着不眠的灯，
想到我这颗失眠的心。

他每天巡行在公路上，
仍像当年那样英俊；

他对待别人非常亲热，
惟独回避我的眼睛。

他一定把心丢在外乡，
爱上了另一个漂亮姑娘；
我托妹妹捎去一个口信，
要他打开那心的帐篷。

在小河边的白桦林中，
我听到他痛苦的心跳动，
他说，他比过去更爱我，
所以更珍惜我的青春；

他请求我把他忘记，
祝福我爱一个健全的人；
然而命运早已这样决定，
爱情已在我心中生根……

我一句话也说不出，
拥抱着他一吻再吻，
哪怕他失去了两只手，
我也要为他献出终生。

1952 年—1955 年
乌鲁木齐—北京

姑 娘

姑娘从泉边汲水归来，
辫梢上沾着几滴水珠；
笑，盛开在眼睛、眉毛上，
心呵，要从嘴里跳出！

年轻的姑娘喜事多，
她接的春羔个个成活，
部落里人人夸奖她，
说她是天山草原的花朵；

她喂的乳牛又肥又壮，
挤出的奶子又白又多，
妈妈已答应给她缝身新衣，
姑娘的喜事又何止这些？

方才，饮马的那个小伙子，
对她嘀咕了些什么？
只有从白桦树上溜下的风，
能把这个秘密窥破⋯⋯

1952 年—1955 年

乌鲁木齐—北京

婚　期

一位哈萨克姑娘，
站在清澈的水泉旁，
她对着自己的影子，
歌唱自己的喜悦；

她戴着紫红花帽，
穿着橘黄色衣裳，
黑缎子坎肩上面，
闪耀着珠宝的光芒。

牧人们走过水泉，
留恋地回头张望——
尔得节还没有到来，
她为什么穿上节日盛装？

牧人们又绕回水泉，
试探着用话赞赏——
我们的果子沟呵，
从天上落下一个月亮。

姑娘感谢众人的关怀，
和那些由衷的夸奖；
然而姑娘只迎接一个人，
他的性格和山鹰一样。

他从不满足自己的生活，
眼睛永远闪着光芒，

怀着一颗炽烈的心，
想一手改造自己的家乡。

当那个出色的牧人到来，
姑娘将向他伸出臂膀，
爸爸同意他俩的婚期，
订在尔得节的晚上。

姑娘还要追问一句，
这样打扮是否漂亮？
她准备举行婚礼的时候，
就穿这身亲手缝制的衣裳。

1952 年—1955 年
乌鲁木齐—北京

送　别

在峻峭的河岸上，
山丹花正在开放，
它鲜红的花瓣，
镀上银色的曙光。

苏丽亚一手拉着马缰，
一手抚摸万依斯胸膛，
她送别新婚的丈夫，
去到巩乃斯种畜场。

"生命如同盛开的花朵，
它期待着金色的阳光；
你看富饶的果子沟呵，
它在欢迎更多的牛羊。"

"生命又如晨曦的光芒，
它会托出火热的太阳；
我将带回丰富的智慧，
满足家乡的一切愿望。"

不必嘱咐家务了，
部落里的人来帮忙；
不必叮咛珍重了，
巩乃斯和家乡一样。

万依斯骑上青鬃马，
奔向太阳升起的方向，

苏丽亚伫立的地方，

山丹花开得更红更旺……

1952 年—1955 年

乌鲁木齐—北京

信

对面山坳的草坪上，
有一个牧羊姑娘，
她抱着雪白的羊羔，
坐在青色的石头上。

这儿是她初恋的地方，
情人曾经依在她身旁，
用手指拨响三弦琴，
伴奏她幸福地歌唱。

一天，那个青年哈萨克，
忽然曲身向姑娘告别，
他跟着过路的勘探队，
走向遥远的额尔齐斯河；

姑娘等待着又等待着，
雁群已三次从云中飞过；
情人的心终于归来了，
在那淡蓝的信封里装着——

"我挥动鞭杆的手，
已和钻探机发生爱情；
我吆唤马群的嘴，
每天都和电话机亲吻；

阿尔泰的姑娘异常多情，
爱慕我是个钻探工人；

可是你不要喝酸奶子呵，
请相信我对你的忠诚；

我不久便要回到故乡，
叩醒那高耸入云的山峰；
那时我将在初恋的地方，
为我俩搭起一座帐篷……"

对面山坳的草坪上，
有一个牧羊姑娘，
她凝视着情人的手迹，
微笑从心底飞到脸上……

1952 年—1955 年

乌鲁木齐—北京

客

旅客骑马走过乃曼部落，
一边弹着琴、一边唱着歌……
他忽然看见一群姑娘，
在草坪上愉快地劳作，
于是手抚前胸微微欠身，
笑问：是否欢迎我做客？

姑娘们邀请他帐篷里坐，
鲜奶、烤肉摆满一桌；
方才他不是说又饥又渴，
如今怎么不吃也不喝？

他好像久别归来的家人，
不停地问候这个、打听那个——
羊群冬天过得平安吗？
春天的双羔接得可多？
姑娘们的名字应该怎么称呼？
每位姑娘是否生活得快乐？

姑娘们忍不住吃吃地笑了，
笑他为什么没话找话说；
旅客轻轻嘘了一口气，
他说：没有爱的心最寂寞。

人们在帐篷里亲热地谈着，
太阳偏西旅客才起身道别，
姑娘们都喜欢他英俊又坦率，

送到河边，叮咛他再来做客；
旅客骑上飞快的枣骝马，
唱出一支激动人心的歌——

"托里部落有个出色的牧人，
他的名字叫黑林拜克，
世上若有多情的姑娘，
请把他永远在心里保藏着。"

1952 年—1955 年
乌鲁木齐—北京

天山牧歌

大风雪

大风雪呼啸着来了，
铺天盖地地来了！
大风雪摇撼着帐篷，
也摇撼着牧人的心⋯⋯

尽管帐篷里熄了灯，
牧人却合不拢眼睛，
双手使劲地揪着衣襟，
耳朵贴在毡壁上倾听——

那狂暴的大风雪啊！
抽打着圈棚里的羊群；
牧人的心都要流血了，
当他听到羊群颤抖地低鸣。

热血在牧人周身奔流，
牧人冲出温暖的帐篷，
顶着劈头压来的大风雪，
攀着圈栏陪伴惊恐的羊群。

虽然须发上吊起冰凌，
风雪灌满了两只袖筒，
牧人想起明年的增产计划，
胸中的篝火就烤化了严冬。

牧人围绕着圈棚巡行，
从深夜直到东方透出黎明，
笑煞那精疲力倦的大风雪，
竟妄想撕破牧人的预售合同！

哦！那摇撼牧人心的——
不是狂暴的大风雪啊！
而是我们勇敢的哈萨克，
对于祖国的无限忠诚。

1953 年—1956 年
乌鲁木齐—北京

春　讯

山洼里蒸腾着雾气，
积雪跟随它轻轻飞去；
草芽拱出湿润的地面，
吐露出春来的讯息。

来自东方的风啊！
连牧人的心都吹得发绿了；
宁静的部落忽地沸腾起来，
仿佛那解冻的山溪。

一群小伙子打起呼哨，
扬鞭纵马朝山口奔去，
他们去察看南山牧场，
春草生长得是否茂密？

聚集在山冈上的老年人，
正观测初春多变的天气，
一会儿指点天边的云彩，
一会儿磋商哪一天迁移。

女人们简直像盘水磨，
帐篷里外转来转去，
刚刚烤热可口的干粮，
又赶忙去拾掇鞍具。

那些唱着、跳着的孩子，
眯起眼睛对着太阳笑嘻嘻；

他们喊声：欢迎春天来到！
山谷的回答也同样有趣……

春天是游牧开始的季节，
也是母羊产羔的时期，
像农民迎接金色的秋天，
牧人满怀一百个欢喜。

1953 年—1956 年
乌鲁木齐—北京

晚　霞

夕阳在蔚蓝的天空，
抹下了五光十色；
微风与牧人们耳语：
你看它变幻无穷。

那、那一溜金黄的——
该不是负重的骆驼队，
摇着悦耳的铜铃，
在起伏的沙梁上缓行；

那、那一团火红的——
该不是奋鬃长鸣的骏马，
忽地腾空跃起，
想跃过那积雪的山峰；

那、那一片雪白的——
该不是驯良的羊群，
相互挨挤着又追逐着，
嬉游在牧草肥美的湖滨；

那、那一块绛紫的——
该不是肥胖的乳牛，
吊着两大袋奶子，
摇头摆尾地走进新圈棚。

草原上的牧人哟！
爱恋这七月的黄昏；

你听！是谁弹起三弦琴，
歌唱晚霞洞悉牧人的心……

1953 年—1956 年
乌鲁木齐—北京

邀

路过天山草原的朋友，
请到牧人家里歇歇脚；
唉，我的帐篷就搭在那儿——
背靠着小山、面对着小河。

谁都知道哈萨克人，
生就慷慨好客的性格；
但在那贫困的年代里，
却只能用眼泪敬客。

如今帐篷里铺了和田毯，
就等尊贵的客人坐一坐，
灶上的铜壶轻轻唱着歌，
盘子里盛满待客的水果。

你喜欢打野羊吗？
新买的猎枪在墙上挂着；
你的骑术出色吗？
每匹好马都让你试过。

我无心向你夸耀富有，
也不是邀你来给我祝贺；
只请你看看牧人的家庭，
分享天山草原的欢乐。

但愿你问我一句话：
是否满意新的生活？

那么请看我先拳起两只手掌，
再把手指头伸展一个、两个……

共同命运结成共同语言，
聪明的客人一定猜得准确——
过去是十个手指屈在一起，
如今正是一年伸开一个！

路过天山草原的朋友，
请到牧人家里歇歇脚；
哎，我的帐篷就搭在那儿——
背靠着小山，面对着小河。

1953 年—1956 年
乌鲁木齐—北京

古老的歌

老艺人弹起他的三弦琴，
唱出了一支悲凉的歌；
人们问：你唱的是什么？
他说：一支古老的歌！

那时候阴云封锁着天空，
风沙漫天遮蔽了太阳和星星，
世代居住在草原上的牧人啊！
失去了帐篷、羊群和歌声。

多少勤劳朴实的牧人，
倒在路旁闭上疲劳的眼睛，
临终时没有嘱托也没有叮咛，
只留下尚待抚养的儿女们；

多少年轻力壮的牧人，
离开了生养自己的母亲，
怀着满腔希望到外地求生，
终生做了异乡的流浪人；

多少勇敢强悍的牧人，
群起反抗草原上的暴君，
一腔热血染红了无名野花，
或者被关进罪恶的铁栅门。

在那暗无天日的年代里，
牧人逃不出这悲惨的命运，

河水陪伴着寡妇们哭泣，
云雀鸣叫着孤儿的悲愤……

老艺人煞住他的三弦琴，
唱完了这支悲凉的歌。
人们问：为什么唱古老的歌？
他说：激励你们捍卫新的生活！

1953 年—1956 年
乌鲁木齐—北京

散　歌

货郎送来春天

货郎踏着朝霞映红的道路来了，
货郎背着人们的希望来了，
他的歌声那么高又那么圆：
"乡亲啊！我给你们送来春天。"

姑娘们燕子般飞出大门，
展开翅膀迎接城里来的客人；
等不得货郎自己动手，
她们就拥上前挑选中意的物品。

"这是我托他捎来的绣花丝线！"
"那块绿绸子正合我的心！"
"有没有中华牌红蓝铅笔？"
"你可带来了新出的识字课本？"

货郎抹下小花帽搁在当胸，
脸上浮起难以捉摸的神情：
"请猜一猜，聪明的姑娘们！
我还带来世上最珍贵的礼品。"

"我先猜！一定是精巧的耳坠。"
"……要不就是镶了宝石的领针。"
"说不定是和田玉雕的手镯……"
"等一等！我看是喀什的绸头巾。"

"唉唉！姑娘们，你们猜错了，
怎能用尺子去衡量天山最高峰？"
"哦哦！姑娘们，你们猜对了，
我今天送来了毛主席的笑容。"

沸腾的掌声唤来全村的人，
小小的村子喧闹得如同集镇，
男的女的一层围着一层，
无数双手高高地举过头顶。

"货郎！给我，快给我！
他是我们日夜想念的亲人。"
"货郎！给我，快给我！
他是维吾尔人心上的明灯。"

货郎用食指压着嘴唇：
"嘘——小点声音！
你们不要打扰了毛主席，
他正为我们未来的幸福操心。"

姑娘们迈着骄傲的步子回家了，
双手捧着画像挺着胸；
爸爸妈妈紧紧地跟在背后，
一个笑声连着一个笑声……

每个家庭都升起不落的太阳，

毛主席含笑注视维吾尔人，
维吾尔人遵循他手指的方向，
去迎接金光灿烂的早晨。

货郎踏着铺满阳光的道路走了，
货郎给人们留下欢乐走了，
他的歌声流荡得很远、很远：
"乡亲啊！你们永远生活在春天。"

1954 年写出，1955 年改成。北京

哈兰村的使者

哈兰村小学教室里，
站着三个维吾尔青年，
他们举起粗壮的胳膊，
宣誓在火红的旗帜前。

县委书记从城里赶来，
祝贺这里有了共产党员；
他说："哈兰村的使者！
实现了全村人的心愿。"

"哈兰村的使者！"
这句话含有什么秘密？
三个青年腼腆地笑了，
接着是深长的回忆……

三年前大雪初晴的一天，
县委会到了三个青年，
自称哈兰村的使者，
请求见县委书记一面。

从哈兰村到县委会，
隔着一块戈壁一座山，
他们走了一天一夜，
羊皮袄上结满雪夜的严寒。

他们有什么紧要的事？
走路为什么连夜赶？

他们接受全村人的嘱托，
去要一个支部、三个党员。

人们当时还不明白什么是支部，
也不清楚怎样的人才是党员，
人们只有一个简单的信念——
得到这些，地要动！天要翻！

县委书记亲切地笑了：
"这难题我只能回答一半。
要完全的答复吗？
还看你们那一半答案。"

县委书记和三个青年，
围着火炉肩并着肩，
知心的话像一根不断的线，
把太阳从东山扯到西山。

县委书记抓起一把麦种：
"要它长出苗儿吗？
要它抽出穗子吗？
先要深深地播进麦田。"

县委书记拿出一盒火柴：
"要它发出光亮吗？
要它传出热力吗？
应该燃起熊熊的火焰。"

三颗年轻的心忽然亮了，
好像那映着太阳的清泉；
他们又连夜赶回哈兰村，

县委书记的话四处传遍。

三个青年像三支火把，
点燃了全村人复仇的怒火；
三个青年像三架耧斗，
翻身的种子播进人们心田。

于是，地主心虚了，胳膊软了，
坐在穷人头上的人摔下来了！
于是，穷人胆壮了，抬头笑了，
地主脚下的人站起来当家了！

经过一年、两年、三年，
经过土地改革、互助生产……
哈兰村人们的心里，
孕育出三个共产党员。

哈兰村小学教室里，
站着三个维吾尔青年，
他们举起粗壮的胳膊，
宣誓在毛主席像前。

县委书记愉快的声音，
唤醒了正在沉思的三个青年；
他说："哈兰村的使者！
今天得到了全盘答案。"

1953 年写于乌鲁木齐
1955 年改于北京

阿山金子和田玉

一天，我听到一个维吾尔农民夸赞区委书记，他说："毛主席派来
阿山的金子和田的玉……"

毛主席派来的人啊！
你是阿山的金子和田的玉；
你翻山越岭地来了，
马背上度过一年四季，
你的精力永远那么饱满，
好像塔里木河水奔流不息；
在我们生长的地方哟！
哪儿没有你的足迹？

你带来春风吹绿大地，
把毛主席的叮咛送到我们心里——
啊哈！严寒的冰雪消融了，
我们和参天杨一同扬眉吐气，
在那金丝绒般的土地上，
丰盛的收获全归农民自己，
多少年没有歌声的村庄啊！
欢乐的歌声从四处升起……

你带领我们劳动翻天地，
天天把太阳从东背到西——
融雪沿着新辟的渠道前进，
强迫荒凉的戈壁向后退去；
我们一步跨进一百多年，
砍土镘变成了马拉农具；

涣散的心聚拢起来了，
田埂上插起一杆杆红旗，

维吾尔人有鹰的眼力，
从一个新天地看到更新的天地；
我们遵照毛主席的叮咛——
还要在这美丽的绿洲上，
建立梦中向往的社会主义！
那时候，芬芳的日子
有如伊犁河畔盛开的苹果花，
美满的生活又像库尔勒香梨。

毛主席派来的人啊！
你是阿山的金子和田的玉；
你无论走进哪个村庄，
哪个村庄都有你的亲兄弟——
家家的门朝你打开，
人人用笑声迎接你；
维吾尔人已经从你身上，
领会到毛主席的深厚情谊。

1953 年夏写于乌鲁木齐

1955 年秋修改于北京

斯拉阿江[1]

每当夕阳告别路口那座平房，
塞里木汗总要抱着孩子站到门旁；
从田野里归来的人们走过这里，
都要停下脚步叫声斯拉阿江！

孩子招着小手咿呀地歌唱，
眼珠像宝石那样闪闪发光；
人们禁不住要吻吻他的脸蛋，
争着把野花插在他身上。

人们为什么如此热爱这个孩子？
他生在一年前分配土地的晚上；
那天晚上，人们在幸福的灯光下，
曾为他的幸福从鸡叫争到天亮。

女人们说：
塞里木汗的苦比冬天的夜还长，
生过九个孩子没有听到孩子叫声娘；
分给这孩子一块好菜地吧！
愿他长得像萝卜那么白胖。

男人们说：
那九个孩子苦难中生饥饿里死亡，
这第十个孩子却生在自己土地上；
分给这孩子一块好果园吧！

---

[1] 维吾尔语里"建设"的意思。

064

愿他的智慧如同果花绽放。

老年人说：
这孩子出生的日子十分吉祥，
送他个名字表达感谢上帝的愿望；
按照经典叫他马木提或是艾海提，
叫起来简直像鼓声一样响亮。

青年人说：
这孩子出生的日子令人难忘，
他的名字应该包含大家的希望；
我们的人见面最爱祝贺亚克西[1]！
送给他这个名字意味最深长。

农会主任说：
天亮了，饥渴的土地等待咱们去喂养，
东风摆着手再不允许咱们争短论长；
我说分给他一亩菜地、一亩果园，
再加上路口那座小小的平房。

工作组长说：
分土地像山鹰生出一对翅膀，
要上天吗？还靠大家飞翔；
如果把眼光放远大一点，
我说这孩子应该叫斯拉阿江！

从此，这孩子有了土地和住房，
有了响亮的名字——斯拉阿江！
他和哥哥姐姐同是妈妈生养，

---

[1] 维吾尔语里"好"的意思。

新的祖国却把他的生活引向太阳。

人们只向塞里木汗提出一个希望，
请她每天黄昏抱着孩子站到门旁；
人们耕耘归来叫一声斯拉阿江，
据说：就给明天的劳动增添无比力量。

1953 年写于乌鲁木齐

1956 年修改于北京

新 村

　　行走在大戈壁上的人呀！请你时时怀疑自己的眼睛，也许你看到前面出现一座树木、溪流环绕的小村，走向前却发觉是一个空虚的梦。那是大戈壁上的幻影啊！它经常以神奇的变化欺骗旅人的眼睛。

——一个维吾尔老脚户的话

旅人啊！请相信你的眼睛，
戈壁上出现了第一座新村。
也许不久前你从这里走过，
看不见一棵树、一个人影；
骆驼刺的长爪抓住你的裤腿，
你只听到蜥蜴逃跑的脚步声。

如今，就在你走过的地方，
白色的平房联成一座新村。
天山融雪流进路旁的水渠，
伴送平坦的道路通向城镇；
小白桦树在微风里不住招手，
明年就能请来百灵鸟和夜莺。

这里有许多幸福的家庭——
孩子雀跃地迎接每一个清晨，
姑娘踏着草坪培植葡萄幼苗，
妈妈赶散炊烟倾听壶水低吟；
在那一片新开垦的土地上，
整日荡漾着爸爸的劳动歌声。

繁荣的新村欢迎过往的客人，
谁走到这里都会对它发生爱情。
请在这里喝杯奶茶吧！
这里的水和故乡水一样甜；
请在这里歇个晌午吧！
这里的人和故乡人一样亲。

旅人啊！请相信你的眼睛，
这不是戈壁上神奇的幻景；
就在你曾经走过的地方，
已经出现了第一座新村，
无数座新村将会跟踪出现，
像千万颗星星撒满秋夜的长空。

1953 年写于乌鲁木齐
1954 年修改于北京

坎儿井

坎儿井，昨天流着农民的眼泪，
坎儿井，今天流着农民的喜悦。

——吐鲁番民谣

乌素尔老汉张开没有牙的嘴笑了！
笑，这生平第一次发自内心的笑啊——
蠕动在他那愁苦刻划的皱纹上，
闪动在他那泪水浸透的眼珠上，
颤动在他那岁月染白的胡子上…

乌素尔老汉佝偻的腰干挺直了，
他手里的砍土镘告诉坎儿井水——
在这儿站住，往那儿流去！
让那奔流着喜悦的水啊，
第一次喂饱自己的土地。

昨天，地主捏住坎儿井的脖子，
谁的地要喝水？谁先掏喝水钱。
不值钱的眼泪怎能感动地主的手？
他宁可决开渠口，逼迫坎儿井水
呜咽着流进寸草不生的戈壁滩。

乌素尔老汉用眼泪浇地六十年，
为了换取血一样珍贵的水呀——
他含着泪，把每年的收获送给地主一半，
他含着泪，把小牛犊送进地主的牲口圈，

他含着泪，把亲生女儿送进地主的庄院。

今天，乌素尔老汉擦干了泪眼，
凝视着那血一样珍贵的水呵——
它欢唱着，流过果实累累的葡萄园，
它欢唱着，流过搓洗衣服的姑娘手边，
它欢唱着，流过欢唱的人们心坎。

乌素尔老汉张开没有牙的嘴笑了！
笑，这生平第一次发自内心的笑啊——
蠕动在他那愁苦刻划的皱纹上，
闪动在他那泪水浸透的眼珠上，
颤动在他那岁月染白的胡子上……

1953 年写于乌鲁木齐

1955 年修改于北京

林边问答

叔叔！叔叔！你们好；
怎么起得这样早？

敲罢头一遍鼓的啄木鸟，
比我们起得还要早；
翘起大尾巴的松鼠，
已经在杉树枝上做早操。

叔叔！叔叔！你们好；
急急忙忙往哪儿跑？

我们踩着小鹿的脚印，
跑进大森林的怀抱，
请站了百十年的大树，
躺下来舒舒服服睡一觉。

叔叔！叔叔！你们好；
为什么高兴得吹口哨？

……枕木铺起了一条跑道，
两根钢轨正在上面赛跑；
高高的烟囱、大大的楼房，
都在和脚手架比跳高……

叔叔！叔叔！你们好；
你们为什么哈哈笑？

因为我们年年劳动好，
斧头快要变成机器了，
你问：这又是怎么一回事？
再过几年你就会全知道。

1952 年初夏写于天山林区
1954 年初冬修改于北京

吐鲁番炎夏

古代神话中的火焰山，据说就在吐鲁番，近代关于吐鲁番的夏天，也传说得非常离奇。神话和传说虽然出自人们的想像，人们的想像总有一些根据。吐鲁番的夏天是酷热的啊！

吐鲁番的夏天是酷热的……

葡萄藤披散干萎的发辫，
小桦树弯下笔直的身躯，
喜鹊扇着翅膀飞不上树梢，
狗拖着舌头在树荫下喘气，
百灵鸟的歌喉嘶哑了，
牛犊躲在水渠里歇息，
道路烙痛行人的脚板，
热风舔着行人的眼皮……

一个维吾尔农民告诉我——

往年，暑气逼人的季节，
人们都默默地躲进地窖，
那时白日寂寞得如同黑夜，
田野里寻不见农民的足迹；
任热风吞食成熟的庄稼吧！
谁有心劲去和炎热争夺粮食？
反正不管收成怎么好，
农民还是十天总有九天饥！

如今，我亲眼看见了——

那凉爽诱人的地窖呵，
再也吸引不住火热的心，
人们在炎热的中午钻出地窖，
改变了祖祖辈辈的规矩；
在那铺满黄金的麦地里，
翡翠镶起的棉田里，
众多的人有如夏夜的星群，
闪耀在遥远的天际……

听一首农民心上的歌吧——

天上的云雀请低低地飞，
替我们捎句话到北京去：
就说维吾尔农民翻了身，
心里头有劲胳膊上有力，
我们要在自己的土地上，
年年以丰收报答毛主席！
天上的云雀请快快地飞，
快把知心话捎到北京去。

吐鲁番的夏天是酷热的？

1952 年秋写于乌鲁木齐
1955 年秋修改于北京

婚　礼

在吐拉汗家里

春风吹过了玉门关，
缓缓地来到吐鲁番；
杏花、桃花都绽放了，
苹果的花苞半扬起脸。

今天是什么好日子？
房外是春天，房里也是春天！
地毯上围坐那么多姑娘，
就像鲜花开满小花园。

互助组长衣襟上插朵小黄花，
来迎娶他的互助组员；
白胡子长者举起注满盐水的小杯，
祝福新人的共同生活美满。

长者问："你愿嫁玉素甫吗？"
她说："正合我的心愿。"
长者问："你愿娶吐拉汗吗？"
他说："早就盼望这一天。"

什么鸟飞进这座小花园？
喧闹的声音在房顶回旋：
"你们一点也不害羞呵！
回答得那么干脆、那么自然。"

小弟弟吐一吐舌头说：
"去年收葡萄的时候啊，
他每天黄昏来到我家葡萄园，
说是来检查组员的生产……"

小妹妹扑哧笑了，抢着说：
"从那时候起，他们背着妈妈，
把方才回答的话不知说过多少遍，
还怕我和弟弟偷听见。"

在路上

云雀唱着赞美的歌，
在蔚蓝的天空飞旋；
参天杨在春风里鼓掌，
花瓣洒落在人们两肩。

乐队、客人拧成一个花环，
两朵牡丹盛开在花环中间；
天山、雪水都没有变样，
为什么新人看来这么新鲜？

走到一个岔路口，
吐拉汗瞅了他一眼：
"在这儿，你第一次拉我的手，
那天，我去祝贺你成了青年团员。"

走到一条水渠边，
玉素甫幸福地笑了：
"在这儿，我第一次吻你的脸，
那是你从识字班毕业的夜晚。"

调皮的客人怪声喊叫：
"新人的眼睛正把大家抱怨——
中午的太阳就要落山，
你们为什么走得这样慢？"

姑娘们扯开裙子飞快旋转，
小伙子把鼓点送上她们脚尖；
一阵欢乐的风，
把人们吹到玉素甫门前。

在玉素甫家里

茶壶儿倒了，
茶杯儿翻了，
果盘子空了，
烟盒子干了。

姑娘们嬉笑着走了，
小伙子喧闹着散了，
灯捻子结出花来了，
新人脸对脸坐下了。

他说："我可要按照风俗办，
狠狠地打你一拳……"
他的手没有落上她的背，
而在轻轻抚着她的发辫。

她说："那你也该伸出脚，
让我按照风俗脱去皮靴。"
她的手没有去碰他的脚，
而是把他的双手紧紧拉着……

四只眼这么看着，
两颗心这么跳着，
他们从小一块长大，
为什么好像今天才认得？

四只手这么拉着，
两张嘴这么动着，
他们说了些什么？
只有他们自己心里懂得。

1952 年 11 月草于乌鲁木齐
1955 年 4 月 9 日修改于北京

哈萨克牧人夜送"千里驹"

一 必要的楔子

已经是第九个黄昏了……
枣红马怎么还没有消息？
那是一匹多么好的马啊！
真不愧名叫"千里驹"。

它的两只耳朵耸起，
似乎能听到人间一切秘密；
四个蹄子腾空跃起，
尾巴扬得和脊背一样齐。

不是春洪暴涨了，
也不是野火燎原；
那是我们的枣红马，
奔驰在古米什河两岸……

全班的同志称赞：
"它赛过古代的名马啊！

关云长如果活到今天，
也愿用赤兔把它调换。"

已经是第九个黄昏了……
枣红马怎么还没有消息？
那是一匹多么好的马啊！
真不愧名叫"千里驹"。

它曾饮过通天河的水，
踏开了祁连山上的雪，
长城内外留下它的蹄印，
风沙戈壁听过它的嘶鸣。

解放大西北，
万里急行军，
它和自己的主人一块，
追击敌人立下三次功。

团长和政委夸奖：
"当年围歼胡宗南匪军，
阵地上滚动一团烈火，
那是李永跨上它冲锋。"

已经是第九个黄昏了……
枣红马怎么还没有消息？
那是一匹多么好的马啊！
真不愧名叫"千里驹"。

它曾深犁万年的生荒，
驮运过天山的落叶松；
它的血汗蓄进新修的水库，
丰收的粮食里有它的辛勤。

建设新新疆，
全军一条心，
它又和自己的主人一块，
迎送了三次春夏秋冬。

李永更爱他的枣红马，
常常摸着鬃毛对它谈心：
"千里驹！你知道吗？
我爱你像爱自己的亲人。

"现在毛主席命令——
咱们在这平坦的荒原上，
盖起无数座房子，
垦出良田千万顷；

"一旦毛主席召唤——
咱们要鼓起战斗的雄心，
保卫神圣的祖国，
保卫亲爱的母亲……"

就在九天前的黄昏，
戈壁边缘涌起乌云，
来自阿尔泰山的风暴，
闯进古米什垦区上空。

天昏、地暗、雾气腾腾，
空中不见飞鸟，
路上断了行人，
漫天黄沙犹如凶年飞来的蝗群。

飞沙、走石，
击打得大地呻吟；

响雷、闪电，
震撼得河流翻滚。

风揭走了马棚的草盖，
风推倒了马棚的板壁；
枣红马扭断缰绳，
嘶叫着逆风跑去……

那是与人同过生死的马啊！
怎能让它流落荒山野地？
那是与人共过甘苦的马啊！
怎能让它困死沙漠戈壁？

同志们寻到古米什河尽头，
访遍了小半个托克里戈壁，
已经是第九个黄昏了，
带回来的都是无言的惋惜。

李永失去往日爽朗的笑声，
和那曾经引人入胜的谈吐，
常常空对西宁鞍、夹银镫，
和那镶了景泰蓝的辔头叹息。

第九个夜又徐徐地来了，
田野里燃起了点点营火，
天山从夜雾里露出白发，
青苗披上月光织成的轻纱；

在那片野蔷薇丛中，
夜莺唱歌又跳舞，
小渠的流水弹奏三弦琴，
啄木鸟在树上敲手皮鼓。

李永无心欣赏边疆的夜，
对着夜雾深处自言自语：
"千里驹！你知道吗？
我想你没有一点睡意。"

同志们围坐篝火默默无语，
暗地里揣测枣红马的凶吉：
"它真会困死在沙漠戈壁？
或者葬身于悬崖绝壁？"

不！枣红马会有消息！
谁不盼望它早日回来——
春天帮大家开垦荒地，
夏天伴大家巡视水渠。

不！枣红马定有消息！
谁都盼望它早日回来——
秋天替大家搬运粮食，
冬天随大家猎取雪鸡。

就在这第九个夜晚，
晚风送来陌生的笑语，
夜雾里闪出两个骑手，
哒哒地向营房奔去……

两个剽悍的骑手，
还拉着一匹高头大马，
它那矫健的影子，
月光下看去多么熟悉。

难道枣红马回来了吗？
李永急促地、颤抖地

呼唤着枣红马的名字：
"千里驹！千里驹！"

那懂得人意的马飞奔过来了，
舐一舐李永那只抓惯缰绳的手，
喷着鼻子，蹄子不安地
掀起一片片草、一片片泥……

同志们团团围住枣红马，
从头到尾地看来看去：
这个问："马呵！你可好？"
那个问："你跑到了哪里？"

李永搂着枣红马的脖子，
不自主洒下几滴泪；
枣红马也轻轻地摆着头，
用脸擦着主人的背。

骑马的人相视而笑，
豪放的笑冲破夜的沉寂：
"哈萨克人都是牧马老手，
怎不懂得马和人的友谊？"

骑马的人勒转马头，
靴跟子碰一碰马的肚皮；
他们说："好马找到了主人，
我们也尽到了送马的心意。"

二　平常的经过

团长、政委接待客人，
遵照哈萨克人的风俗，

铜盆里盛满鲜美的马奶，
手抓羊肉用红漆盘托出。

灯光照亮两张淳朴的脸，
——一样的脸！不同的是
一张充满青春的美，
一张有着花白胡须。

李永双手敬上一碗马奶，
随同送上衷心的感激；
那飞溅的泡沫啊！
仿佛向客人倾吐千言万语。

团长、政委的简单手势，
表达出无限的谢意：
"请吃吧！请喝吧！
这些都是自己生产的。"

客人喝干了第一碗马奶，
——这碗里注满了多少友谊？
他的眼睛愉快地说：
"豪爽的主人真叫客人欢喜。"

小房里洋溢着掌声和笑声，
墙壁上映出了无数只手，
同志们又轮流地
把一碗碗马奶递在客人手里。

吃完一盘羊肉，
快活飞到眉梢；
喝完一盆马奶，
话题爬上舌头。

哈萨克老人捋捋胡子，
谈起送马的经历；
哈萨克青年擦擦嘴巴，
一边笑一边翻译……

……五天前的早晨，
太阳还没有升起；
我们的库鲁克草原，
像睡熟了那样静寂。

别笑哈萨克人夸口，
我的耳朵可以远听几十里；
不是风吹草动惊醒了我，
惊醒我的是什么呢？

莫不是蓝哈羊产了双羔？
莫不是焉耆马生下小驹？
莫不是老乳牛胀痛奶头？
莫不是小骆驼又在调皮？

我披上外套跑出帐篷，
透过薄雾向四面看去，
原来是匹离群的马，
在牧场上跑来跑去。

我暗暗地埋怨老太婆，
为什么这样粗心大意；
昨天晚上，
怎么没把我的枣红马圈起？

马群中拉出一匹快马，
快马加鞭，

我追向南又追向北，
我赶到东又赶到西。

我扬一扬手抛出绳圈，
把离群的马套在手里；
这时候晨风吹走睡意，
哎！这匹马不是我的？

这是金子铸成的好马啊！
我老牧人六十年见过三匹。
这是玉石雕成的好马啊！
全家老小看到都欢天喜地。

老太婆笑了，
笑得两手哆嗦，
新沏的奶茶啊！
洒满了一桌。

大儿子笑了，
笑得左摇右摆，
一头撞着门框，
差点把头碰破。

大媳妇笑了，
笑得像山鸡叫，
那支画眉笔啊！
拖到了眼角。

三姑娘笑了，
笑得像铃铛响，
拿起了蝇拂子，
去刷奶子锅。

别笑哈萨克人爱马如命，
牧人和马原就生死相依；
连我心爱的小孙子，
也对准马头行个举手礼。

十只眼睛盯着我，
五张嘴巴叫着我；
他们问："你老人家呀！
从哪里得来这么大的财喜？"

（讲的人讲得动人，
听的人听得入迷；
老牧人喝干一杯马奶，
又把故事说下去……）

我说："这不是邻人的马，
他们的每匹马我都熟悉。
它的主人究竟是谁？
我该把它送到哪里去？"

我老牧人帐篷里，
莫不是出了百灵鸟？
为什么一个舌头，
更比一个舌头巧？

我老牧人帐篷里，
难道飞来一窝山雀？
为什么一个声音，
更比一个声音高？

老的老，小的小，
这个说，那个笑，

他们把枣红马啊！
夸得比普天下的良马都好。

老太婆拍着手说：
"好马啊！好马！
它有狗的耳朵，
鹿的快蹄。"

大儿子摸着头说：
"好马啊！好马！
它有火的颜色，
鹰的眼睛。"

大媳妇耸着肩说：
"媳妇骑上它，放牧天山下，
追赶受惊的羊、离群的马，
那比鹰抓兔子还要利索。"

三姑娘捂着脸说：
"姑娘骑上它，纵情草上飞，
谁个不服输，敢比'姑娘追'，
管教皮鞭落上他的脊背。"

小孙子也眨着眼睛说：
"我要骑它进城去上学，
等我放假回来了，
捎包莫合烟送给爷爷。"

全家人说完心里的话，
避开我的问题不回答；
果不出我的预料，
他们想留下这匹枣红马。

老太婆双手抹一下脸，
诚心诚意地做过都瓦[1]；
她说："这是上帝赐给的，
老头子！我们留下它吧！"

孩子们都赞同妈妈的话，
说它是没有主人的野马：
"它是爸爸套来的，
留下它谁敢说话？"

一只会唱歌的夜莺，
压不倒五只喜鹊；
一个会说话的舌头，
斗不过五张嘴巴。

尽管一家人说得多么好，
哪怕说得太阳从东边落下；
我拿稳了一个老主意，
我不吭声谁也没有办法。

在我年轻气盛的时候，
曾经为了争夺一匹好马，
纠合部落里的小伙子，
和别的部落争吵、斗架……

如今不是年纪老了，
失去了爱马的兴趣；
而是我更爱一样东西，
那就是哈萨克人的声誉。

---

[1] 表示祈祷和祝福的仪式。

（重新添奶、重新添肉，
重新添满一灯油；
讲的人忘记了时间，
听的人忘记了睡眠。）

我从马头看到马尾，
又从马背看到马蹄，
我在马的后腿上，
发现火烙的痕迹。

去年大雪封山的时候，
解放军曾送粮食来救急，
那些马的身上，
不是有这种标记？

今年春风吹散严寒的时候，
解放军又套马帮我耕地，
那些马的身上，
不也有这种标记？

啊哈！我像走在沙漠里，
发现了水泉那样欢喜；
又像巡猎在草原上，
捉到了灰毛狼那样得意。

我说："孩子们！
这匹马是解放军的；
你们既要留下它，
就请说说自己的道理。"

霎时，我的帐篷里——
乱得像枪声惊动了雁群；

老太婆的脸红过沙柳花，
孩子们捂住发烧的脸皮。

老太婆说："上帝啊！
我怎叫好马迷住正直的心？
又怎么起下了，
哈萨克人不容有的歹意？"

孩子们说："妈妈呀！
哪怕它是金子铸成的马，
哪怕它是玉石雕成的马，
我们也要送还解放军去！"

老太婆连忙捧着铜盆，
端来饮马的泉水；
大儿子连忙撩起衣襟，
兜着草料把马喂；

大媳妇连忙拿起扫帚，
扫尽马背上的沙尘；
三姑娘连忙寻来木梳，
梳展了蓬乱的马尾；

我心爱的小孙子啊！
也贴着马耳朵低语：
"你是解放军叔叔的，
今天就要送你回家去。"

是谁打垮了蒋贼军，
红旗飘扬满天山；
是谁活捉了乌斯满，
幸福歌声遍草原；

是谁派来了医疗大队，
我们的人口不断增添；
是谁给了这份保证，
我们的羊群一年胜过一年。

每个人都有新鲜的记忆，
还需我再讲什么大道理？
你批评我、我责备你，
我老牧人听了笑在心里。

全家人又提出新的问题，
派谁把马送给解放军去？
你瞧着我、我瞪着你，
我老牧人看了心里着急。

老太婆说："我去！
去表表拥护军队的诚意。"
孩子们说："我们去！
这份光荣是年轻人的。"

我说："心要放在正中啊！
谁拾到的就该派谁送回去。"
全家人嘀咕了很久、很久……
才给我老牧人送马的荣誉。

全家人又说我上了年纪，
不放心我独自个送去；
一怕我路上没人照顾，
二怕我不会说汉语。

其实是嫌我的废话多，
——和胡子一样多！

怕我在同志们面前，
说出了家庭的秘密。

恰巧二儿子从城里回来了，
老太婆叮咛他陪我一同去，
我嘴里不哼，心里不满意，
红过脸的人倒好像有了理。

我知道丢马的部队等它回去，
我明白丢马的同志盼它心急；
打从那天早上起，
人不想下马，马不愿停蹄。

太阳落了，月亮升起，
东方亮了，星星隐去；
五天走遍古米什河两岸，
算算路程足够七百多里。

处处都端出羊肉马奶，
接待哈萨克人像接待亲兄弟；
处处都说他们没有丢马，
这匹枣红马是谁的呢？

哈萨克人面前没有困难，
说到哪里，做到哪里；
今夜是月亮指了路吗？
枣红马回到了主人家里。

　　三　简单的结尾

雄鸡叫醒了山后的太阳，
朝霞映红了积雪的山尖；

老牧人讲完送马的故事，
同志们挽留他多住几天。

老牧人右手贴着前胸，
谢过大家的深厚情意；
他说家里的羊群，
盼望他早些回去。

李永紧握哈萨克老人的手，
连声说："热合买提[1]！"
哈萨克青年拉着马缰，
一再说："呵嘘[2]！呵嘘！"

他们轻轻地跳上马背，
他们高高地扬起皮鞭，
两匹快马像两支出弦的箭，
朝红日初升的天山草原射去……

1954 年 8 月 1 日—1955 年 7 月 3 日于北京

---

[1] 哈萨克语"谢谢"。
[2] 哈萨克语"再见"。

附

录

黎明出航

港湾里还闪烁着渔火，
海上有淡青的雾、凉爽的风——
雾中林立千百杆桅樯，
它高耸的风旗呼啦啦飘动；
那风送来早潮的讯息，
似乎还夹带有黄花鱼的歌声……

是不是这来自海上的黎明，
惊醒了水兵蔚蓝色的梦？
我们蜂拥着走上甲板，
伸开两臂，拥抱正在飞散的雾，
呼吸那捏得出水的风；
四处，回旋起豪放的笑声！

是不是我们迎接黎明的笑声，
又惊破了这港湾的宁静？
渔民刹那间拔起铁锚，
长篙大橹搅得浪花翻滚；
一声声"海螺"的长鸣，
给那扬帆出海的渔船壮行。

啊！黎明呀，黎明！
我们的心为什么这样跳动？
应该让你的曦光里织满帆影，
海上永远有沸腾的劳动，
成群的海鸥伴随远航船队，
飞翔在祖国的万里海空。

我们的炮艇，我们的鹰，
飞吧！飞吧！飞吧！
快快载着水兵满腔的激情，
穿过渔民的水上浮城，
绕过山脚，驶进宽广的大海，
在那闪光的波浪上展翅飞腾……

1955年3月—5月
海门—北京

我走在街道上

我迈开雄劲的脚步，
走进海湾里的小市镇；
于是，那石板铺成的街道上，
流荡着金属的响声……
风从海上追来，
拨弄我黑的飘带、蓝的衣领。

和风浪搏斗久了，
也常常向往着大陆；
我被幸福浸醉了吗？
我真想大声地喊叫——
好啊！古老的街道。
好啊！勤劳的人民。

你正在捶打铁锚
和油漆船舵的工匠们！
你正在织补渔网
和搓拧棕绳的姑娘们！
为什么拥在街道两旁
注视着一个普通的水兵？

是的，我是从远海巡行来的，
在那里击退了进犯的敌人。
你们也听到海上的炮声了吗？
闪着那充满感激的眼睛——
你们的感激分量多重，
我们肩上的担子也有多重！

昨夜，在风波险恶的海上，
祖国那黑色的土地、
黄的菜花、绿的麦穗，
曾使我从梦中笑醒。
今天，当我踏上大陆的边缘，
却又期待立即出航的命令。

1955 年 3 月—5 月

海门—北京

水兵素描

水兵从远海归来了，
穿一身白浪碧波，
帽带上系着海风，
满脸是太阳的颜色。

1955 年 3 月—5 月
海门—北京

白海鸥之歌

在碧蓝碧蓝的海上，
海鸥伴送我们远航，
那银灰色的海鸥群里，
有只海鸥白得像雪一样。

白海鸥绕着桅杆飞翔，
我昂起头向她歌唱：
"白海鸥！我认识你，
我热爱你，圣洁的姑娘。"

传说在远古而黑暗的年代，
你住在遥远的小海岛上；
你是一个渔民的女儿，
长得像美人蕉那么漂亮。

海把你养育成人，
海浪把你锻炼得勇敢又坚强；
当海风吹动你年轻的心，
你把爱情献给一个英俊的渔民。

你们在海上一同撒网，
你们在月下一同歌唱；
渔民们为你们的相爱欢喜，
嫉恨却使渔霸安下恶毒的心。

在一个漆黑的夜里，
海上刮着大风、掀起大浪，

渔霸把你的情人绑在门板上，
投入风暴，漂向大洋；

渔霸又以权势来抢你，
想玷污你纯洁的身体，
而你奔跑着呼喊着情人的名字，
跳进曾经养育你的海洋……

第二天，风平浪静了，
渔民们在泪眼模糊中，
看到在你投海的地方，
有一只白海鸥自由飞翔。

渔民们告诉自己的儿孙——
白海鸥就是你的化身，
你那雪一样白的羽毛，
象征着你纯真的爱情。

从此，你追随着过往的船只，
向每一个水手询问：
"我的情人在你的船上吗？
他生活得是否幸福、安宁？"

我的水兵服和你的羽毛一样白，
我的爱情也像你那样纯真；
白海鸥啊！
我爱你怎能爱得不深沉？

不过，我不是把爱情献给一个人，
而是献给亿万的人民，
和这碧蓝碧蓝的祖国大海啊！

我们是多么相同又多么不相同。

我每天在大海上航行，
追逐着一个波浪又一个波浪，
我询问祖国的大海：
"你生活得是否幸福、安宁？"

1955 年 3 月—5 月

海门—北京

在风暴中

海啊，扬起了手！
风啊，张开翅膀！
炮艇在港湾里跳跃，
风暴激动水兵的心；
巡逻的命令到达了，
我们迎风破浪出动。

在那灰蒙蒙的天幕下，
和那白浪滔滔的海上，
时而闪出金色的电光，
滚过春雷爆炸的声音。
祖国的大海啊！
正在考验它的水兵。

海浪举起炮艇，
我们钻进低飞的阴云；
海浪掷下炮艇，
我们劈开奔来的波涛；
水兵站在甲板上，
有如岩石在海底生了根。

一个真正的水兵，
懂得海的性格，
摸得出海的脉搏，
怎么剧烈地跳动。
像一个熟练的骑手，
我们驾驭着风浪前进。

海燕逆风飞来，
飞得骄傲、飞得勇猛，
海燕啊！水兵在向你致敬，
邀请你和我们同去巡行——
去阻击胆敢偷袭的敌舰，
去迎接丰收归来的渔民。

1955 年 3 月—5 月
海门—北京

今夜的夜色好啊

今夜的夜色好啊！
海在低声地笑，
白云在天上飞，
月亮在波浪上跳……

我拉起手风琴，
歌唱我的青春；
请海风把它带走，
告慰远方的母亲——

我走过东海的路，
哪有今夜这么平静？
多少个白天和黑夜，
风波阻挡着途程；

大海陡然咆哮，
闪电击出雷声，
微波翻滚成长浪，
长浪上奔驰暴风；

我满怀水兵的雄心，
叱咤变色的风云，
那永远不败的花朵，
开放在波山浪峰！

我走过东海的路，
也没有今夜这么安宁，

来自海上的敌人，
隐蔽在拂晓和黄昏；

云层里会降下灾难，
战火蔓延到帆城，
荒岛后升起了硝烟，
死亡威胁着渔民；

我高呼水兵的誓言，
带着射击前进，
那激烈的战斗，
在大海上荡起回音！

啊！今夜的夜色好，
我和海一齐笑，
歌声随白云飞，
激荡的心像月亮跳……

我拉起手风琴，
歌唱我的青春；
遥望远方的母亲，
祝福真正的水兵。

1955 年 3 月—5 月
海门—北京

彩色的贝壳

小序

我漫步在沙滩上，
拾取彩色的贝壳，
连同我心底的歌，
献给敬爱的读者。

一

你问祖国的海多么辽阔？
请听渔人唱"水路山歌"[1]——
它呼吸着热带风、寒带雪，
拥抱了千条江、万条河！

二

年年月月，日日夜夜，
海汹涌着，海奔腾着，
海在不疲倦地运动着；
于是，海水永不腐臭，
海保持了青春的纯洁。

三

海即或暂时平静了，
也寓有磅礴的气魄；
浮嚣的人不懂得海，
怯懦的人不敢爱海。

---

[1] 渔民间流传的讲述海上情况的歌。

四

海怎么蓝得透明？
因为它很深、很深……
浅滩附近的水，
总是那么混浊不清。

五

海的颜色像初秋的晚霞，
刹那间可以千变万化；
渔家姑娘最爱海的本色——
蓝锦缎上绣几朵雪白的花。

六

海在放声歌唱，
歌声为什么这样响亮？
有一股暖流，
在它的胸中激荡！

七

海是一匹烈性的马，
它嘶叫着、甩动银鬃；
船夫是个真正的骑士，
虽然他手中并无缰绳。

八

船夫爱听波浪喧腾，
那粗野而又深沉的声音；
这声音仿佛沙场的战鼓，
召唤人去和海斗争！

九

海举起飞溅泡沫的酒杯，
谁喝一口就会沉醉；
爱海的人都有海量，
来吧！畅饮一生也不醉。

十

海上风起云涌了，
风浪里漂着一只小船；
它在寻找熟识的小岛，
和那避风的港湾……
这时，在乌云和白浪之间，
有海燕鼓翼飞来——
像战火和硝烟里飘起的红旗，
给渔人以勇气和信念。

十一

漂洋过海的人们，
思念海鸥的深情；
海鸥翻飞的地方，
离大陆已经很近。

十二

海螺呀，海螺！
你在呐喊什么？

海上有浓云密雾，
船队不要失掉联络；
海里的暗礁很多，
当心把船碰破；

海上没有平坦的路，
警惕险恶的风波！

海螺呀，海螺！
你是渔人的号角。

十三

海扬起一万只拳头，
整日和岩岸搏斗；
它摔不倒挺立的岩石，
却掳走了风化的石头。

十四

不要袖着手站在海滨，
望船只劈开风浪航行；
那样，你会感到战栗，
心中充满莫名的惊恐。

十五

战胜惊涛骇浪的勇士！
你如果躺在沙滩上——
沉迷于海——那悠扬的赞歌，
和它献上的乳白花朵；
你，就会被潮水吞没。

十六

海用飘忽的气流，
筑起一座华丽的城——
那蜿蜒的墙，没有墙脚；
那浓郁的树，没有树根；
那浮游的船，没有船底；

那奔驰的车，没有车轮。
海说：一切空谈家，
都是这儿的居民。

十七

海边上有一只小船，
半悬着帆、半卷着帆，
它的灵魂是那样的懒散……
倘若不是风来催促，
它在这沸腾的海洋上，
也许又会虚度一天。

1956 年 5 月—9 月

舟山—北京

渔 歌

扯起我们的布帆来——
那些棕色的白色的帆，
像海鹰和海鸥翅膀的帆；
再请海风吆赶着海浪，
推送我们巨大的船队，
到大海去，到大海去啊！

海，海是渔民的土地；
我们的粮食种在海里。

伸出我们的胳膊来，
我们粗壮的赤裸的胳膊，
镀满了紫铜般的朝霞；
拉呀，拉呀，用力拉呀！
看闪光的鱼跳着、跳着……
给舱板披挂金色的铠甲。

我们的汗撒进了大海，
丰收的船队满载归来。

唱起我们的渔歌来，
我们的歌声如此响亮，
以至压倒了喧嚣的海浪；
唱吧！尽情地唱：
"鲜鱼游到乡村集市，
鲜鱼跳进矿山食堂。"

1956 年 6 月于舟山群岛

诗 兴

朱总[1]迈着雄劲的步伐，
登上万里长城尽头的嘉峪关；
他威武地行走在城头上，
好像当年跃马太行山。

他忽然停留在戍楼前，
默默地北看马鬃、南望祁连；
这位身经百战的老军人，
来到边塞有什么感叹？

往西看，烟雾弥漫，
那是石油的运输枢纽玉门站；
往东看，人群闪动，
戈壁上正建设钢铁的酒泉。

漠风吹动他斑白的鬓角，
无比的欣喜流露在他的眉尖，
原来祖国建设的繁荣景象，
化为诗句涌向他的心田……

1958 年 7 月 11 日—12 月 21 日

酒泉—兰州

---

[1] 即朱德。

116

打麦场上

场上铺满金黄的小麦，
连枷一个劲响得噼噼啪啪；
妇女队正在火热地竞赛，
唱着欢乐的祁连山歌。

小伙子骑着高头大马，
神气十足地故意从场边跑过，
马蹄子扬起滚滚的尘土，
惹得一位姑娘发了火……

小伙子忽然滑下马背，
马鞭子也从指头缝里失落；
姑娘一脚踩住鞭杆子，
鼓起眼睛看他说什么？

小伙子倚在马身上，
搓着缰绳笑得傻呵呵；
"好姑娘！你别这么看着我，
我今天只有一点小过错——

"队长分配我新任务，
叫我给你们妇女队去驮小麦，
我只是顺路看一看你……
嗳，快把鞭子还给我。"

姑娘狠狠地使个眼色，
小伙子牵着马从场边轻轻溜过；

连枷声里传出一阵哄笑——

"这出穆桂英挂帅演得不错!"

1958 年 9 月 19 日—12 月 30 日

敦煌—兰州

水渠边上

秋天的夜晚多么宁静，
满月高挂在暗蓝的天空；
两位姑娘来到水渠边上，
一边说笑一边洗头巾。

风吹白杨叶子飒飒响，
闪光的流水响淙淙；
两位姑娘在谈知心话，
谈着心上最理想的人。

姑娘的条件可不少，
扳开手指头也数不清——
又要思想意识好，
又要庄稼活儿样样行；

又要会写又会算，
又要活泼朴实脾气顺，
又要这来又要那，
又要会开什么康拜因……

两位姑娘只顾谈心，
一块头巾足足洗了一点钟；
不知哪儿飞来一块石头子，
清凉的渠水溅一身。

对岸的红柳哗哗响，
从那儿冒出两个年轻人，

他们笑嘻嘻地站在渠畔上，
月光底下显得更英俊。

姑娘直臊得脸红心又跳，
对面怎么会钻出他们两个人？
方才的话是不是被偷听见？
忙问他们来了多少时辰……

年轻人摇头又叹气：
"原来我们还不够标准，
赶明天下苦功学他个多面手，
看看合不合巧姑娘的心……"

1958 年 12 月于兰州

小　香

从三门峡迁移来的小香，
如今是这样地深爱河西走廊，
在姑娘眼睛里这儿的什么都好，
山呀，水呀，树木和村庄。

谁要谈起这儿的风光，
她笑呵，那笑声多么像银铃铛，
她还用心坎里最美好的语言，
夸耀这儿如同自己的家乡——

天呀，像家乡的天那么蓝，
地呀，像家乡那肥沃的沙壤，
人呀，像家乡人朴实而又善良，
花呀，像家乡的花一样芬芳；

这儿的山如同伏牛山，
山里有五颜六色的矿藏；
这儿的水如同黄河水，
浇灌得棉花雪白小麦香……

姑娘热情地赞美这儿，
那声音像小河流水流得很长，
可是她还有一件秘密的心事，
却从来一个字也不讲。

谁要是提起生产队长，
姑娘的心呵就在胸中乱撞，

一个迁来的姑娘知道这个秘密，
学着她的模样替她张扬——

"河西走廊的什么都好，
河西走廊和三门峡一模一样，
另外呀，还有一个河西小伙子，
他呀，他长在河南姑娘心上。"

1958 年 12 月于兰州

收工以后（一）

一缕缕炊烟飞天上，
村口的铜钟敲得响当当……
姑娘从地里回来了，
锄尖上挂着弯弯的月亮。

小伙子不前也不后，
走在她身边三尺远的地方，
心里的话都快要掏尽了，
姑娘绷着脸什么也不讲。

小伙子是那么心伤，
使劲地用拳头捶着胸膛——
"哪怕你给我说上两句话，
我跃进起来也有力量……"

姑娘忍不住侧转脸，
把满腔热望送到他心上——
"你要真是一匹千里马，
明天就从黑榜跃进到红榜！"

1958 年 12 月于兰州

收工以后（二）

一盏煤油灯明又亮，
满屋子蒸气饭菜喷喷香；
姑娘锄地回来了，
进门就嚷叫饿得慌……

妈妈刚揭开锅盖子，
怎么一转身不见了姑娘？
妈妈又是心疼又是气，
她呀，她真是个疯姑娘。

妈妈打发弟弟出外找，
叫他告诉姐姐饭菜就要凉；
弟弟半晌才气喘喘地跑回来，
手里还捏着两块糖——

"姐姐又和那个团支书，
手拉手地这么坐在水渠旁，
他们一边谈心又一边唱，
还叫我别对妈妈讲……"

妈妈的心笑得开了花——
"傻孩子，别乱讲！
他们许是抓紧时间大跃进，
盘算卫星田的收成怎么样……"

柴湾颂

沿着流沙淹没的万里长城，
一道起伏的柴湾向东延伸……
你长满红柳、白茨的沙岭哟，
像一条青龙驾着黄色的云。

我攀上你陡峭的脊背，
打量你披挂着绿色的鳞甲的腰身；
往西看，你头枕合黎山，
往东看，你尾摆乌鞘岭。

而当我眺望你的两侧，
又被这奇异的景色所吸引；
你的北面，黄沙滚滚，
你的南面，绿树隐隐。

我站在柴湾上不禁发问：
我们伟大而又聪明的祖先啊！
由于得到一个什么启示，
在这里播下一道灌木籽种？

在那遥远的什么朝代，
得到多么微小的雨水的滋润，
在这风沙统治的大地上，
出现了你最早的雏形？

多少年来风沙想吞没你，
你又怎样和风沙持久地斗争，

沙长一分，你长一寸，
不断地突破那覆盖的沙层？

经过了多少个春夏秋冬，
堆积的沙岭为你的枝叶固定，
日复一日，年复一年，
最后筑起了这座绿色的长城？

于是，风沙再爬不上你的脊背，
只有匍匐在你的脚下呻吟，
你以自己那英雄的体魄，
划开灾难和幸福、荒凉和繁荣。

我们伟大祖先播种的柴湾啊！
几千年来你捍卫了良田万顷，
捍卫了清甜的流水、繁华的城，
捍卫了二十多万民勤人。

我们伟大祖先培护的柴湾啊！
你的启示对于我们是多么珍重；
你用自己雄伟的形象教导我们——
人类，一定能把大自然战胜！

1958 年于兰州

沙枣赞

沙枣生长在荒原中，
在沙漠里也同样枝叶茂盛；
凡是能够扎根的地方，
就有它绿色的生命。

沙枣挺立风沙线上，
像那久经风浪的水兵；
它那鲜红的果实，
是水兵帽上闪耀的红星。

沙枣蔑视沙浪的冲击，
抗得住九级的漠风；
风沙到这儿止步，
它捍卫着万物的青春。

沙枣挺立风沙线上，
人们对它无比地尊敬；
民勤人珍爱它一枝一叶，
称呼它：我们的命根！

1958 年于兰州

红柳咏

你那鳞甲似的小叶，
显示你无比的坚韧，
风沙劈头盖脸地压来，
你一挺身又钻出沙层。

你开放火红的小花，
像袒露你燃烧的心，
它映红这茫茫的大漠，
启发人们向自然斗争。

你的根在地下伸延，
无止尽地繁殖子孙，
携手并立在风沙线上，
为人们竖起绿色屏风。

你无比坚韧的红柳，
正是民勤人的化身，
他们有你一样的雄心，
风沙线上建设新民勤！

1958 年于兰州

128

老　人

五月的天气这么晴朗，
大路上有一溜洪尘飞扬，
一队装满树秧的牛车，
浩浩荡荡地走向北方……

迎面过来一位老人，
侧身坐在毛驴背上，
他用手遮住耀眼的阳光，
打量这满车的树秧。

树秧暴晒在太阳底下，
水嫩的叶子已经有点发黄，
老人越看胡子越翘，
仿佛有块石头鲠在心上。

老人猛然跳下驴背，
气呼呼地抓住牛缰——
"你们是给植树人送柴草，
还是往林带上运树秧？"

赶车的人大吃一惊，
又摇摇头说没法可想，
他们还问这么多车树秧，
用什么给它遮挡太阳？

老人起初闷声不响，
随后从驴背上卸下行囊，

他抖开自己那花红的被子，
浸透渠水给树秧盖上。

老人的眼睛闪闪发光，
照得大家心眼里雪亮，
经过一阵混乱和忙碌，
树秧都披上水淋淋的大氅。

大家转身答谢老人，
老人也笑眯眯地连声夸奖，
一队花花哨哨的牛车，
又浩浩荡荡地走向北方……

1958 年于兰州

青 杨

林业站有一位姑娘，
脸蛋儿黑里透红亮堂堂，
一枚永不褪色的枫叶，
别在粗布的衣襟上。

姑娘的家紧靠扬子江，
从小就爱大自然的风光，
后来她走进林业学院，
又来到腾格里风沙线上。

姑娘那珍珠般的歌声，
整日在防风林上空荡漾，
可是她每天一回到林业站，
就悄悄地溜进红柳滩上。

在那明净的蓄水池旁，
一排树苗长得又绿又壮，
这是她建立的培植试验场，
种子是家乡寄来的青杨。

她深信青杨能筑起百里风墙，
因为太阳同样照耀南方和北方，
她培植的不只是几棵树苗，
而是民勤人征服风沙的理想。

有人诙谐地打趣姑娘：
"南方的树怎能在北方生长？"

姑娘的回答意味深长：

"她会习惯这儿的气候和土壤。"

姑娘初来时曾经眷恋过故乡，

如今锻炼得和当地人一样刚强，

人们都暗地里相互称赞：

"她就是南方移植来的青杨！"

林业站有一位姑娘，

胸前佩戴着那枚毕业纪念章，

她珍重祖国的叮咛和希望，

愉快地生活在风沙线上。

1958 年于兰州

老爷爷

村口上锣鼓闹哄哄，
植树的大军马上就要出征，
他们要到古长城外，
营造一座绿色的长城。

在长长的队伍末尾，
站着一位满头白发的老人，
人们劝慰他留在村里，
他侧着耳朵、瞪着眼睛……

"老爷爷，你老留下吧！
咱们村里村外需要人照应。"
"年轻人，别替我操心，
我领教过长城内外的大风。"

"老爷爷，你老没听真，
他说照应村子同样也光荣。"
"年轻人，说话没分寸，
我满嘴没牙怎么会牙疼。"

"老爷爷，沙大路难走，
你老不是常常喊叫筋骨疼？"
"年轻人，这还用你问，
我响应咱毛主席的大跃进！"

"老爷爷，野外住帐篷，
怕给你老惹下一身病。"

"年轻人，你说我不行？
咱们长城外面比本领……"

人们一再地劝慰老人，
他一个劲摇着脑袋说是听不清，
老人的耳朵原来并不聋，
为什么今天你说西来他说东？

还是队长摸透老人的心，
他说："我答应你老去造林，
还想跟你学学植树的本领，
可惜你耳朵太聋教不成……"

老人弯下腰来哈哈大笑——
"只怪你们方才说的不合我的心，
这次我要把多年的植树经验，
原原本本传授给你们……"

队长忍住笑发出口令，
人们也忍住笑向北挺进，
老人挺起胸脯迈大步，
白头发下是一脸青春。

1958 年于兰州

命　令

满天的星星被风吹落了，
窗外只有飞沙走石在咆哮；
总指挥正在统计植树进度，
门外陡然响起一声"报告"！

一阵风刮进来一个小伙子，
沙尘染黄了他的头发和眉毛，
他一股劲吐着满嘴的泥沙，
可怎么也止不住自己的心跳……

总指挥盯着他的眼睛问：
"我的命令已经生了效？"
小伙子挺胸说声"是"，
又扭转脸咬着嘴唇偷偷笑。

"半个月来大家很疲劳，
应该强制他们好好睡一觉……"
总指挥狠狠喷出一口烟，
又埋下头编造植树报告表。

小伙子轻手轻脚往门边靠，
谁知却被总指挥看在眼里了，
总指挥站起摊开行李卷，
命令小伙子马上就"卧倒"！

小伙子直急得团团转，
提醒总指挥推开房门往北瞧——

只见风沙中有火光万点，
隐隐约约在林带上飘……

总指挥跺着脚大声吼叫：
"我的命令传到哪儿去了？"
小伙子噘着嘴巴直嘟囔：
"你去问问大家就知道……"

一阵风沙兜头刮过来，
小伙子撒腿就往林带上跑，
身背后又传来一道新命令：
"站住！咱们一块去夜战马超！"

1958 年于兰州

赤　金

一个风沙漫天的黄昏，
我们到白杨河拜访这位赤金人；
当时，他正迎着风沙奔走在井台上，
用嘶哑的喉咙指挥高速钻进。

我们攀上跳动的井台，
才看清这位钻井队长的面孔；
在他那满是灰沙和泥浆的脸上，
闪动两道剑光似的眼睛。

他仿佛没有注意有人到来，
冲进柴油机房吼叫开大油门，
然后甩掉老羊皮袄敏捷地爬上井架，
和钻工一齐把水龙带安稳；

直到新接的钻杆正常转动，
他才伸出粗大的手掌欢迎我们；
我的旅伴刚刚习惯地掏出笔记本，
他又向司钻发出换挡的命令……

我们的访问只得另请人回答，
技术员说队长原来是个放羊的人，
二十年前从赤金来到玉门油矿，
解放前一天还是一个临时工；

解放后他才受到人们的尊重，
而他也忠诚地献出全部智慧和劳动，

年年都是矿上的先进工作者，
如今又在放月破五千公尺的卫星……

我们身后忽然传来嘶哑的笑声，
他搓着双手声明自己是个普通的钻工，
只不过从小就喝着石油河的水，
时时刻刻爱护石油河的名声。

我的旅伴正要向他发问，
他又操起大钳去帮助换钻杆的钻工，
大风吹动他披着的老羊皮袄，
那身影很像一只展翅欲飞的山鹰……

当我们踏上暮色苍茫的归途，
我的旅伴连声地赞美这位赤金人，
赞美他的思想比石油河水还清还深，
赞美他是一块真正的赤金！

1958 年于兰州

沙岭晴鸣

　　鸣沙山在月牙泉之畔，沙分五色，十分艳丽。传说天晴无风，沙山自鸣。县志载："沙岭晴鸣为敦煌第六景也！"

暗蓝的天空没有一缕云影，
那喧嚣的白杨也只静静地入梦，
月明星稀，夜静更深，
鸣沙山滚过春雷的吼声……

鸣沙山滚过春雷的吼声，
招引着人们去欣赏那"沙岭晴鸣"，
不知来自何处的闪电闪了几闪，
五色的沙山忽然通体透明……

五色的沙山忽然通体透明，
恍惚是古代壁画里的金色幻城，
山脚的林带有如蜿蜒的城墙，
城外奔走着青年近卫军……

城外奔走着青年近卫军，
战斗的歌声应和着那春雷的轰鸣，
农忙的季节只有白夜，
拖拉机拉开了雪亮的大灯……

1958 年于兰州

古城晚眺

古城在党河西岸，相传为东汉元鼎六年所建，现只剩下两处戍楼的废墟。县志载："古城晚眺为敦煌第七景也！"

傍晚，我站在古城上眺望，
夕阳投来它最后的光芒，
仿佛从天外突然伸来一万只手，
给敦煌披上一件金色的大氅。

看啊，纵横的渠水泛着金光，
金色的果园环抱着金色的村庄，
在这金光闪闪的土地上，
金色的厂房正在不断地成长……

看啊，村道上奔驰着金色的车辆，
田野里漫游着成群的金牛金羊，
在这金光闪闪的日子里，
人们敞开胸怀对唱金色的理想……

千缕炊烟笔直地挂在天上，
大地渐渐地沉入蒙眬的梦乡，
这时候万家灯火忽地齐明，
又给敦煌换上珍珠缀成的晚装。

1958 年于兰州

140

夜过玉门

深夜，列车向西疾行，
旅伴把我从沉睡中摇醒：
我们贴着车窗的玻璃，
欣赏那神秘的玉门夜景——

他指着山坳的一片灯火，
说它是银河灿烂的星群；
我指着山顶的几点灯火，
说它是永恒的北斗七星；

他说绿灯好像翡翠嫩，
我说白灯如同珍珠明；
他说红灯比珊瑚还艳，
我说黄灯比琥珀更浓；

我们都说玉门的灯火，
明天将会照耀在河西全境！
这时，车窗的玻璃上，
忽然映出四只发亮的眼睛……

1958 年于兰州

疏勒河

你呵，蓝色的疏勒河，
静静地、静静地流着；
你两岸的荒滩和草地，
多么肥沃又多么辽阔！

你呵，蓝色的疏勒河，
多少年来是多么寂寞；
每天只有成群的黄羊，
从你身边轻轻地走过……

你呵，蓝色的疏勒河，
终于盼来最好的年月；
看！那是农人的足迹，
听！这是牧人的山歌。

你呵，蓝色的疏勒河，
今天也欢欣地唱着歌，
托起你那乳白的花朵，
呈献给东来的开拓者！

1958 年，兰州

142

林带上

黄沙漫漫的腾格里边缘上，
忽然扎起一条连营百里的帐篷；
植树大军那红光四射的军旗，
也忽然在万里长城的上空飘动。

风沙线上听不见风沙的喧腾，
洪亮的钟声召唤来美好的黎明；
青蓝的炊烟旋转着游向高空，
帐篷里蜂拥出精力饱满的人群。

人们奔走在火红的地平线上，
开始第一天紧张而又沸腾的劳动；
雄壮的歌声和太阳同时跃起，
铁锨和锄头都闪耀着太阳的笑容。

青年师的战士个个是生龙活虎，
他们向一望无际的沙原猛烈进攻，
那疯狂了多少万年的黄沙大漠，
在他们的脚下不住地翻滚、呻吟。

妇女营的战士个个是身强力壮，
她们飞快地穿梭在树坑的行距当中，
一个树坑，栽下一枝青春的生命，
也栽下一座绿色的万里长城。

而这时，远处扬起漫天的沙尘，
传来噼啪的鞭哨和叮当的铜铃声，

惯于行走沙路的木轮大车和骆驼队，
从百里外运来白杨树苗、红柳根。

民勤人就这样摆开了威武的战阵，
就这样战斗到中午又持续到黄昏，
他们要随着林带的长度向东西伸延，
随着林带的深度向沙漠腹地挺进！

民勤人笑指黄沙中的条条绿线，
说是要造出一架天下最大的弦琴；
英雄的豪语鼓动着英雄的心——
苦战一春！让子孙永听春天的声音。

南乐镇

我们爬上一座高高的沙岭，
向导叹息地说这儿就是南乐镇；
当我们看见流沙中露出的寨墙垛口，
我们的心怎么也不能平静……

你可曾想过就在二百年前，
这流沙的下面有一座繁华的市镇？
红布酒帘招徕着过往的客商，
马嘶、狗叫，混合着悦耳的驼铃；

这儿的居民该是多么朴实勤恳，
经营着金色的土地、五彩的果木林；
妻子的欢笑、孩子的歌声，
又织成了多少个温暖的家庭？

但是腾格里的风沙年年向南侵袭，
满清王朝又比那风沙更凶更狠；
于是流沙逐渐淹没了市镇的喧嚣，
覆盖了孩子的眼睛、妻子的心。

南乐镇呵，繁华的南乐镇！
你的居民只得锁起流沙压斜的窗门，
悲痛地唱着"天下都有民勤人……"
含着泪水逃到天涯海角去求生。

二百年后我们又走上这座沙岭，
怎么能仅仅凭吊你那历史上的悲痛？

因为我们是毛泽东的青年远征军，
我们肩负着新的历史使命！

我们大声呼喊着又奔走着，
把花红的标杆竖立在最高的沙峰，
然后用手旗卷着茫茫的黄沙，
测绘这流动而复杂的地形。

我们，一支年轻的远征军，
就在这里，就在这里重建南乐镇！
我们已在图纸上绘出林带的线路，
远处，大路上正行进着植树大军……

部长同志

他还穿着那套绿色的军装，
一只空袖筒在风中来回地晃荡，
红军战士勤恳又朴实的作风，
原样地保留在他的身上。

他每次一来到玉门油矿，
还没有掸掉风尘就去东游西逛，
谁要想寻找他的踪迹，
那就得走遍每一个井场。

他也许在鸭儿峡、白杨河，
也许就在老君庙的山上，
只要哪里有井架和戴铝盔的人，
他就会到哪里去竭诚拜访。

他常常盘腿坐在戈壁滩上，
和换班的工人拉起家常，
有时又跳上敞篷的交通车，
陪伴下班的工人进食堂。

油井如果出了什么事故，
他就和工人们一齐冲到井旁，
他浑身不是溅满乌黑的原油，
就是溅满地层深处的岩浆。

他记得很多工人的名字，
但却亲热地称呼老张、老王，

工人们都喜欢这位部长同志，
心里有什么话都对他讲。

他常说自己是外行领导内行，
可是每次都给人以战斗的理想——
让我们的石油工业骑上快马，
五年后追上钢铁的年产量！

工人们和他亲切地交谈，
就觉得浑身长出力量，
他们向部长提出一个请求，
希望他经常来到矿上。

他放声地哈哈大笑，
一只手使劲地拍着工人的肩膀，
他说下到矿区已经两个多月，
可是才当了三个月的石油部长。

水牛吟

——赠李可染同志

你为什么喜欢画牛？
因为它斜风细雨里奔走，
带着犁铧卷起滚滚的泥浪，
引来扦插稻秧的双手。

你为什么喜欢画牛？
因为它不畏艰险不知忧愁，
路遇高山便一股劲攀登，
大河挡道就跃入奋游。

你为什么喜欢画牛？
因为它性子倔强而又敦厚，
对强敌投出尖利的双刀，
甘愿向牧童短笛低头。

你为什么喜欢画牛？
因为它对人并无过多要求，
饿了便咀嚼青青的野草，
渴了畅饮潺潺的清流。

你为什么喜欢画牛？
因为它紧踏着生活的节奏，
牛啊！革命风格的结晶，
牛啊，劳动人民的朋友。

1961 年 10 月 27 日于北戴河

款 待

按照部落古老的遗风，
宰羊款待远方的弟兄，
让老树撑起遮阳绿伞，
让山泉洗净旅途风尘。

环绕着铜盘席地坐下，
不用筷子也不用刀叉，
伸手撕下大块的羊肉，
涂上香料再撒上盐花。

主人以满壶清水代酒，
一再劝客人畅饮几口，
谈笑间吃完一只整羊，
这才算是知己的朋友。

1963 年于白沙瓦

150

赠 刀

"在我们的部落里，
诗人拿笔也拿刀，
诗能叫眉月含羞，
也能叫长风咆哮。

"强盗来杀人放火，
诗人就拔出钢刀。
请你把它放下吧，
如果你认为需要。"

"谢谢尊敬的主人，
我接受你的赠刀。
这是珍贵的礼品。
也是严肃的教导。

"我手执两种武器，
牢记住你的嘱告：
为朋友写下赞歌，
对敌人决不轻饶！"

1963 年于白沙瓦

诗 哲

我们赤着双脚，
走到你的墓前，
双手齐到额下，
献上心的花圈。

诗人伊克巴尔，
呼唤巴基斯坦，
蘸着满怀豪情，
挥毫写下诗篇，
催动人民觉醒，
为着自由向前。

圣哲伊克巴尔，
呼唤巴基斯坦，
喷出一腔热血，
化作千古预言，
指引人民前进，
为着独立奋战。

你的光辉一生，
留在人民心间，
看到江山新画，
你可含笑长眠。

1963 年 9 月于拉合尔

喷 泉

拉合尔的什么最多？
拉合尔的喷泉最多——
喷向湛蓝的天空，
落下银白的花朵。

拉合尔的什么最好？
拉合尔的喷泉最好——
映着七彩的阳光，
化作弧形的虹桥。

拉合尔的什么最美？
拉合尔的喷泉最美——
酿成蜜似的甜酒，
喝一口就会沉醉。

拉合尔的什么最清？
拉合尔的喷泉最清——
捧出莹莹的镜子，
留住游人的姿影。

1963 年 9 月于拉合尔

歌　手

黑色的长发黑卷须，
黑色的大袍黑腰带，
你是尊紫檀雕像，
踏着掌声上舞台。

百音琴引起你沉思，
手皮鼓叩开你胸怀，
你像那长河波涛，
唱出了古往今来。

别离歌使人双泪落，
相逢曲使人心花开，
你像那火中凤凰，
唱出了人世喜哀。

黑色的长发黑卷须，
黑色的大袍黑腰带，
你是位草原歌王，
一曲未了满堂彩。

1963 年 9 月于卡拉奇

青 棕

——安哥拉的传说之一

三棵笔直的青棕，
雄赳赳挺立莫科山峰，
海燕翻飞在它们身边，
头上汹涌着白云。

相传去年的今日，
这儿有三个洛比托人，
凭借悬崖峭壁的天险，
抗击葡萄牙匪军。

他们像三棵青棕，
岩石缝里深深地扎根，
勇士啊没有后退一步，
从拂晓战到黄昏。

搜山队一攻再攻，
山坡滚下三十具尸身，
勇士啊坚守心头阵地，
从午夜战到黎明。

纵火犯燃着山林，
狞笑着观望浓烟飞腾，
那烈火烧得岩石崩裂，
溪流在火中翻滚。

火焰啊跳上脊背，
火焰裹住乌亮的前胸，
三个黑人仆倒又跃起，
火焰里射击狼群。

火焰啊蹿上眉梢，
火焰炙伤愤怒的眼睛，
三个黑人紧紧地相抱，
火焰里迸出歌声……

经过滂沱的雨季，
枯死的棕榈忽然再生，
那满是弹孔的树干上，
绿叶又展翅凌空。

三棵笔直的青棕，
据说就是勇士的化身，
它们雄赳赳挺立山头，
象征不屈的生命。

1963 年

复 仇

——安哥拉的传说之二

一个伐木的黑人，
恳求游击队将他收容，
营地那跳荡的篝火哟，
映出他满脸皱纹。

他拔出腰中板斧，
放在火焰上烘了一烘，
手指斧刃现出的斑点，
凝视这血的迹印！

他谈起独生儿子，
海洋的胸怀风起潮涌，
为着挣脱奴隶的枷锁，
献身给严峻斗争。

儿子在山林出没，
父亲夜夜被噩梦惊醒，
私情蒙蔽雄鹰的心窍，
雏鹰被唤回山村。

他轻信豺狼明智，
幻想驯服会博得幸运，
不料殖民军鸣枪而来，
击破他眼前美梦。

他淋着暴雨嚎啕，
旷野滚过凄厉的回音——
高高的山啊滚滚的水，
请看这血的教训……

他捧土埋掉儿子，
泪水冲尽眼中的灰尘，
他毅然放火烧掉茅屋，
心头生长出仇恨。

他诅咒人世骗子，
抖掉悲哀又振起精神，
他踏着儿子那双足迹，
走上烽火的征程。

他用伐木的板斧，
击杀那些吸血的白熊，
斧刃上隐现的血迹哟，
正是复仇的见证！

一个伐木的黑人，
满脸皱纹像古树年轮，
颤抖的手啊托着板斧，
倾吐出心中隐痛。

队长高喊着起立，
宣布欢迎觉醒的弟兄，
队员传递来一支快枪，
营地响起了鼓声。

1963 年

我思念北京

我是如此殷切地思念北京，
像白云眷恋着山岫，清泉向往海洋，
游子梦中依偎在慈母的膝下……
我日日夜夜思念着北京啊！

我思念北京，难道仅仅因为：
知春亭畔东风吐出了第一缕柳烟？
西苑的牡丹蓦然间绽放妩媚的笑容？
蝉声催醒了钓鱼台清流里的睡莲？
谐趣园的池水绣满斑斓的浮萍？
金风飒飒染红了十八盘上下的枫叶？
陶然亭欣然沉醉于月桂的清芬？
或是傲岸的松柏覆盖了天坛的积雪？
红梅向白塔透露早春的来临……

我思念北京，难道仅仅因为：
太和殿凌空翘起了描金的飞檐？
万道霞光倾泻了佛香阁琉璃的伞顶？
九龙壁上的龙尾击出了浪声？
长安街林阴下漫步着幸福的情侣？
红领巾的欢笑装满北海的游艇？
或是花市的绒花丰富了生活的情趣？
厂甸的年礼渲染着春节的气氛……

我思念北京，难道仅仅因为：
石景山的高炉奔泻着火红的铁水？
八达岭的松枝化作绿色的围屏？

北京站悠扬的钟声催动了待发的列车？
四季青人民公社的收获彩色缤纷？
百货大楼川流着欢愉的顾客？
前门饭店迎送着南来北往的旅人？
或是首都剧场演出了新生活的赞歌？
美术馆汇聚了祖国江山的美景……

我日日夜夜思念着北京……
啊，这千条经线，万条纬线，
织成了我激情的瀑布，心灵的梦境；
但是，我的思想不是飞溅的水花，
清澈的潭水万丈深沉。

我为什么如此地思念北京？
那儿升起了辐射光与热力的恒星！
他庄严的诗句叩开世界人民的心扉，
豪迈地宣布新中国从严峻的战斗里诞生；
三山五岳抬起了刚毅的头颅，
长江大河奔腾着古老民族的欢欣；
浩渺的天宇搏动着雄浑的鼓点，
辽阔的版图更换了一片建设的风景，
那飘起第一面五星红旗的天安门广场，
回荡着中国人民胜利的笑声……

我为什么如此地思念北京？
那儿居住着我们祖国的伟大公民！
他意气风发地登上天安门城楼，
检阅人民的力量，捍卫世界和平的大军；
欢腾的广场列队走过骁勇的战士，
三面红旗引导着大步前进的工人和农民，
湛蓝的晴空飞过频频致敬的银燕，

一片彩云托着带有竹哨的鸽群，
历史博物馆那灯火辉煌的大厅内，
铭刻着中国革命战斗的历程……

我为什么如此地思念北京？
那儿挺立着我们时代的真理士兵！
他以魁梧的身躯阻挡了混浊的逆流，
指点出各种鲨鱼作浪兴波的本性；
拉丁美洲的斗士高举起炽烈的火炬，
亚洲的兄弟驱散了弥漫在眼前的乌云，
非洲的奴隶抚摸着皮鞭烙下的伤疤，
欧罗巴工人兄弟扛着战斗的红旗，
汲取着敢于斗争的力量和信心，
马克思列宁主义战无不胜的革命学说，
在革命的土壤上获得了永生……

啊，北京啊，北京！
中华民族五千年历史的精华，
六亿五千万人民顽强意志的结晶，
阶级的大脑，党的核心，
祖国建设的枢纽，人类和平的后盾，
人民觉醒时代进军旧世界的大纛，
觉醒人民心上的北斗七星……

每当我如此地思念着北京，
我胸中便响彻三支高入云霄的歌声；
一支是"东方红，太阳升……"
一支是"革命军人个个要牢记……"
一支是"满腔的热血已经沸腾，
要为真理而斗争……"
于是我就会迈开大步，踏着战斗的节奏，

为着北京，为着祖国，为着世界革命，
献出我诗人的歌喉，赤子的心，
一个战士的全部忠诚。

我是如此殷切地思念北京，
像白云眷恋着山岫，清泉向往海洋，
游子梦中依偎在慈母的膝下……
我日日夜夜思念着北京啊！

1963 年 10 月 23 日于上海

复仇的火焰（节选）

第一部　第一章

草原上红花年年开放，
草原上绿草年年生长；
静静的巴里坤草原啊！
哈萨克人出生的地方。

休管那朝代怎么变换，
休管那山川怎么动荡；
静静的巴里坤草原啊！
哈萨克人在这儿安葬。

　　　　　　——一个哈萨克老人的歌

一

第一场暴风雪过去了，
积雪覆盖了巴里坤草原，
白皑皑的山峦灰沉沉的天，
分出了天和地的界线。

太阳正在缓缓地下降，
好像一只橘黄的陶瓷盘，
它已经失去深秋的光和热，
无力用晚霞燃红雪山。

漠风啊打从西北吹来，
咆哮着散播那初冬的严寒，
它又席卷起地上的积雪，

怪声旋转着飞向东南。
山谷已经被严寒封锁，
大小道路全被冰雪切断，
牧民们早都迁居到冬窝子，
草原上不见一缕炊烟。

逆着夕阳惨淡的余晖，
忽然有几只苍鹰飞出天山，
但见那苍鹰翻飞的地方，
山谷里涌出一群黑点。

那是十三匹高头大马，
十三匹马大跑着奔向草原，
十三个猎人跨在马背上，
稳如身后戴雪的山峦。

十三个猎人一样打扮，
老羊皮袄镶滚着一溜黑边，
白毡帽上飘拂一绺鹰毛，
仿佛一团跳荡的火焰。

十三个猎人大背着枪，
枪尖上挑着套狼的绳圈，
一条插有空弹壳的子弹带，
紧紧缠裹在他们腰间。

他们的上身向前倾斜，
两条腿使劲地紧夹着鞍鞯，
一只手轻轻地带住缰绳，
一只手高高扬起皮鞭。

鞭梢兜来呼啸的风声，

应和着猎人粗野的吆喊，
马群像风帆在雪海里飞驶，
雪浪随马蹄滚滚翻卷。

马鞍后吊着雪鸡野兔，
那些野物来回地撞击马鞍，
在那马蹄掀起的雪浪里，
留下点点滴滴的血斑。

这群乃曼部落的牧人，
都是头人的奴仆和财产，
他们为了喝到一碗鲜奶子，
含着泪听凭一切差遣。

头人的儿子要过满月，
他忽然要尝尝野味的新鲜，
于是逼令牧人冒险出发，
巡猎风雪莫测的天山。

暮色开始降临巴里坤，
一团阴云弥漫在西北天边，
第二场暴风雪眼看袭来，
苍鹰在天空惊慌逃窜。

巡猎归来的牧人们啊！
多么想躲过风雪侵袭的危险，
他们打着马拼命向南奔跑，
阴云却随后紧紧追赶。

当马群跃过一道冰河，
为首的牧人陡然把马勒转，
后面的十二匹马也一齐停步，

围起一个半圆的扇面。
群马的头上热气蒸腾，
它们又喷着鼻子剧烈地气喘，
一粒粒汗水凝成的冰珠子，
吊在马腹下沙沙发颤。

骑在马上的那些牧人，
呵着迸开裂口的手背取暖，
他们的短髭上扑满白霜，
鬓角尖淌下两行热汗。

为首的牧人勒紧马缰，
他的模样英武而又剽悍，
两道浓眉有如盛夏的乌云，
乌云的下面亮着闪电——

"我的乡亲！我的伙伴！
狂风暴雪已经离脊背不远，
我们才跨过乌伦古纳斯小河，
离部落还有半个马站 [1]。

"我们的马已跑得太累，
谁还能忍心向它们扬起皮鞭？
哈萨克人爱护自己的马匹，
应像爱护自己的两眼。

"纵然是两肩插上翅膀，
也难以躲过这场风雪的磨难，
我们尽管沉住气向南行走，
胡大 [2] 会暗中赐予平安。"

---

[1] 牧区按马站计算路途，一马站约九十千米。
[2] 哈萨克语中"老天"的意思。

166

牧人们举手做罢都瓦，
一股豪气从心底升上眉尖：
"巴哈尔！我们只要跟着你，
胸中便长出十颗虎胆！"

巴哈尔环顾自己的伙伴，
举起皮鞭在头顶猛然一转：
"乡亲们！请随我继续前进，
今晚准备和风雪鏖战！"

巴哈尔是只年轻的鹰，
骁勇的牧人永远是精力饱满，
他那神奇的枪法百发百中，
嘹亮的歌喉震荡山川。

他像熟悉自己的身世，
熟悉这辽阔的巴里坤草原，
他能辨识草原上每一条小路，
指点沿途的每眼清泉。

乃曼部落的穷苦牧人，
人人信赖他的机智和果敢，
平日跟随他游牧到荒山僻野，
从不觉得路途的艰险。

如今虽然面临暴风雪，
牧人们仍感到无比的安全，
因为巴哈尔骑着那匹黑走马，
行走在他们的最前面。

巴哈尔打起一声呼哨，
牧人们列队拉成一条长线，

十三匹马扬起尾巴放步大走，
马蹄敲打荒凉的草原。

苍茫的暮色越来越浓，
天空和草原渐渐地融成一片，
凛冽的风挟持着鹅毛大雪，
开始在天山脚下盘旋……

二

暴风雪摇头摆尾而来，
暴风雪猛烈袭击巴里坤草原，
一会儿像怒马哒哒地奔腾，
一会儿像绵羊咩咩低唤。

暴风雪张牙舞爪而来，
暴风雪摇撼每座帐篷和畜圈，
一会儿扭得圈栏左右摇摆，
一会儿掀得帐篷狂颠。

出发天山巡猎的牧人，
披风戴雪已整整走了三天，
明天是头人儿子满月的吉日，
他们今夜该满载而还。

牧人们的妻子和儿女，
聚集在布鲁巴帐篷里聊天，
她们等待着自己的亲人归来，
饱吃一顿可口的晚餐。

铜茶炊轻轻地唱着歌，
浓重的蒸气弥漫在她们眼前，

松枝熏烤的马肉流着油脂，
火光在她们脸上忽闪……

狂暴的风雪越来越猛，
女人们袖起双手打着寒战；
亲人啊！怎么还不荷着猎枪，
大声喧哗着推开门扇？

深沉的夜色越来越浓，
孩子们打着哈欠阖起两眼；
亲人啊！怎么还不拍着毡帽，
满脸含笑地跨进门槛？

帐篷里变得沉闷无声，
燃过的松枝收起蓝色火焰，
沸滚的奶茶也慢慢停止啸吟，
喷香的肉味渐渐消散。

女人们脸上布满愁云，
困倦的眼睛已经快要望穿，
她们低下头祈求至尊的胡大，
赦免亲人的一切灾难。

头人的女儿苏丽亚哟！
紧紧倚靠在叶尔纳的右肩，
她没有亲人在外面冒险巡猎，
怎么也这样心神不安？

布鲁巴听着猛烈的风声，
看着惊恐的女人一阵心酸，
他在巴里坤生活了六十三年，
怎不知风雪天山的凶险？

谁若在风雪中迷失道路，
走上三天三夜也不见人烟，
无底雪坑会埋葬人们的生命，
覆雪的冰山会突然崩坍。

布鲁巴想起领队的牧人，
心中又不禁感到无比坦然，
这孩子有着鹰的眼睛和翅膀，
世上哪有飞不过的难关？

他捻灭了手中的莫合烟，
笑问人们为什么焦虑不安：
"有我们出色的巴哈尔带路，
风雪草原像大路平坦。"

他又从壁上摘下冬不拉，
拂去尘灰轻轻地调整琴弦，
他想用一支热情有趣的古歌，
驱散人们心头的慌乱。

布鲁巴年轻力壮的时候，
曾经弹着冬不拉走遍天山，
他圆润的歌声像春天的和风，
轻轻吹过巴里坤草原。

牧人们听到他放声高歌，
便忘掉草原的酷热和严寒，
忘掉头人凶恶的叱骂和鞭打，
忘掉饥寒痛苦的熬煎。

每一顶帐篷都向他敞开，
每一个人都向他露出笑脸，

人们会宰掉自己唯有的羊子，
双手捧出喷香的抓饭。

如今布鲁巴已经年迈，
一手绝艺传给巴哈尔的指尖，
他已经很多年不弹不唱了，
风雪夜又铮铮拨动琴弦。

帐篷里立刻充满生气，
喧笑冲破方才沉闷的局面，
增添松枝的火堆又蹿起火苗，
火光赶走心头的幽暗。

布鲁巴顺手调好琴音，
随意叩击那两根颤动的琴弦，
他眼中闪耀起青春的光彩，
一丝笑意飞上了唇边。

冬不拉之歌

大约在一千多年以前，
也许比一千多年还要遥远，
大约在博克达坂的天池旁，
也许就在巴里坤草原。

那里有位牧羊的姑娘，
她尊贵的名字叫阿尔喜曼，
她像天上的满月皎洁又明丽，
月光却难以捉摸又清淡。

多少王子敬仰她的芳名，
多少牧主拜倒在她的脚边，

然而姑娘对求婚者从不理睬，
态度像白天鹅一样傲慢。

远方有一个黑林拜克，
他是一个出色的牧羊青年，
他像初春的太阳火热又明亮，
满脸笑容比阳光灿烂。

他勇敢地跨越万水千山，
艰辛地跋涉了七七四十九天，
他在一个百花盛开的清晨，
恭顺地走到姑娘面前。

他轻呼阿尔喜曼的名字，
脱下毡帽右手轻抚在胸前：
"请相信我这颗忠诚的心吧！
忠诚的爱情永远美满。"

姑娘斜视着黑林拜克，
年轻的心像珍珠光泽闪闪：
"你可知我愿委身给什么人？
你可知我的三个条件？

"第一他是真正的骑手，
第二他能巧妙地穿云射箭，
第三他还要有副嘹亮的歌喉，
如今且先看你的答案。"

黑林拜克跃上枣红马，
那马弹动四蹄跑得一溜烟，
跑得四腿平伸肚子贴近地面，
连飞鹰也远远落在后面。

黑林拜克挽起雕花弓，
对着那白云深处连放三箭，
草原上落下三只南来的大雁，
箭头恰好把雁脖子射穿。

黑林拜克又放声歌唱，
有如一股清水流过了草滩，
红花绿草都欣欣地挺直身子，
百灵鸟成群落在他面前。

姑娘已深爱这个青年，
但不知他可是机智而又果断？
于是手指身后的一棵青松，
再把年轻人难上一难。

她给予青年三天期限，
让青松替他说出求婚的语言，
然后傲慢地唱起汗腾格里[1]，
吆赶着羊群走进草原。

黑林拜克坐在青松下，
用手掌托着覆满愁云的脸，
他呆呆望着日月轮流地交替，
一天两天直到第三天。

他决然砍倒那棵青松，
又把树干劈成木条和木板，
然后做成了一个巨大的木匙，
在上面绷起两根肠弦。

---

[1] 天山的最高峰。

第四天太阳刚刚升起，
姑娘又傲慢地走到他身边；
黑林拜克叩动那神奇的木匙，
它发出美妙动人的语言。

姑娘投入青年的怀抱，
那婚后的生活蜜样的香甜；
从此哈萨克有了自己的乐器，
这就是冬不拉的来源。

布鲁巴高高地昂起头，
五个手指灵巧地拨动琴弦；
女人们眼中饱含晶莹的泪水，
深深思念幸运的祖先。

一支结束曲尚未弹完，
头人阿尔布满金撞开门扇，
他左手招来雪夜阴森的寒气，
右脚带来狂风的哮喘。

他挪动着黑胖的身躯，
像一只狗熊笨拙地迈过门槛，
随后怒气冲冲地挥动鞭子，
又像只公牛噉噉叫喊——

"这群糟蹋粮食的牲口，
怎么游逛到现在还不露面？
别忘记我的每句话都是法令，
头人的法令不容违犯！

"这群耗费奶子的蠢货，
今夜胆敢不驮着猎物而还？

他们如若耽误了王子的喜庆，
我就撵他们滚出草原！"

他瞪着眼睛扫过帐篷，
吓得女人们一齐向后躲闪：
"你们还不马上滚回去挺尸！
深更半夜在一起扯淡！"

女人们乘机慌忙溜走，
苏丽亚也低下头走向门边，
阿尔布满金一见自己的女儿，
无名的怒火燃在心尖——

"你还算是头人的女儿？
头人的女儿这样无耻下贱？
你怎么偷偷溜进这个破毡棚？
莫非看上了那个少年？

"胡大既将你恩赐给我，
你就是我账上的一笔动产，
我懂得怎么用你去交换牛马，
决不施舍给一个穷汉。"

阿尔布满金举起马鞭，
狠命抽打在苏丽亚的两肩，
然后一把拖住苏丽亚的辫子，
消失在无边黑暗的草原。

脸色惨白的叶尔纳啊！
这时才缓过气大声地哭喊：
"我们乃曼人这样痛苦的生活，
胡大！你难道没有看见？"

布鲁巴端坐在花毡上，
两只眼睛仿佛喷射着火焰，
五个手指急速地叩响冬不拉，
弹出满腔的悲痛和愤懑。

三

浓夜蒙住行人的眼睛，
狂风迷糊了识途骏马的灵性，
暴雪遮起指示方向的星斗，
都想蛊惑十三个牧人。

十三个年轻的乃曼人，
还在和暴风雪搏斗着前进，
他们觉得马匹朝南跨进一步，
生命就多了一分保证。

浓夜像深渊漆黑阴森，
狂风像饿狼焦躁地扑腾，
暴雪像漫天落下的飞沙走石，
都想扼杀十三个牧人。

十三个顽强的乃曼人，
还在深夜里打马向南行进，
谁也不愿说出那不祥的字眼，
都明白在和死亡斗争。

一阵暴风雪劈头压下，
吓得那群马停留在原地不动，
一会儿长嘶，一会儿短鸣，
回头张望自己的主人。

一阵暴风雪迎面扑来，

又惊得那群马立起前腿跳蹦，
一会儿向左，一会儿向右，
迈着混乱的步子缓行。

一匹马忽然凄厉嘶鸣，
阿和达拜克摔进草滩的雪坑，
牧人们飞快地纵马去抢救，
拖出自己患难的弟兄。

一匹马忽然失卧前蹄，
巴特拉汗落入冰河的窟窿，
牧人们吆喝着将他扶上马背，
他又呻吟着踏上归程。

巴哈尔走在前面沉思，
要战胜风雪先得要战胜惊恐，
于是他再一次勒转过马头，
十二个伙伴全被挡定。

他避开风头大声吼叫，
把篝火点燃在伙伴的胸中：
"请记起哈萨克智慧的谚语，
遇到危难像高山镇定！

"我们都是出色的牧人，
见识过炎热，领教过寒冬，
巴里坤今夜这场小小的风雪，
还能阻挡英雄们行进？

"我们已经走到扎克图，
顺河南下就投入亲人的怀中，
勇敢的心蔑视怯懦和畏惧，

我们一定把风雪战胜！"

巴哈尔透过浓重夜色，
看不清伙伴们脸上的表情，
却看到十二双炯炯发光的眼睛，
感到他们心脏的跳动。

牧人们重新振起精神，
草原上荡起一致有力的回声：
"勇敢的心蔑视怯懦和畏惧，
我们一定把风雪战胜！"

巴哈尔抹去满脸雪水，
他辨别方向从那咆哮的北风：
"乡亲们！我已听到风的叮咛，
前进就是温暖的帐篷！"

牧人们用脚叩着马腹，
马匹又一步一滑地向南挪动，
马蹄刚刚留下纷杂的痕迹，
立即被大风大雪填平。

巴哈尔在前大声吆喊，
牧人们跟在后面不停地应声，
十三个哈萨克又向南走去，
顶着满天大雪满天风。

他们翻过一座座土坡，
旋风灌进他们的耳窝鼻孔，
他们越过一道道结冻的小河，
积雪翻卷着飞上鞍镫。

他们的帽檐兜满雪片，
老羊皮袄上凝结一层薄冰，
龟裂的手背渗出紫黑的黏血，
灵活的脚腕麻木发硬。

他们的马已精疲力竭，
步子是那么颤抖而又沉重，
马头和马尾沮丧地低低垂下，
弯弯拱起汗湿的脊峰。

十三个牧人顽强南进，
从黄昏一直搏斗到午夜来临；
巴哈尔忽见远处灯光一闪，
隐约听到狗叫的声音。

巴哈尔扬起手臂高呼，
那声音真如同响亮的铜钟：
"伙伴们！感谢胡大的仁慈，
我们已从风雪里再生！"

牧人们脱帽感谢胡大，
心头充满生的喜悦和欢欣，
十三匹马也鼓足最后的气力，
拼出性命向部落狂奔。

四

狂暴的大风雪过去了，
巴里坤又恢复往日的宁静，
月亮从云缝洒下凄清的光辉，
远山现出朦胧的暗影。

浓厚的云幕渐渐卷起，

东去的云团在天空播撒星辰，
午夜寒流无声地淌过部落，
钻进牧人温暖的帐篷。

那些满载而归的牧人，
庆幸自己满足头人的贪心，
他们以生命换取的唯一奖赏，
就是重见久盼的亲人。

那些脱险归来的牧人，
吃罢晚餐就已经瞌睡沉沉，
现在也许拥抱着自己的妻儿，
做着死里逃生的噩梦。

乃曼部落已昏然睡去，
静静等待明天盛大的喜庆，
但是小河边布鲁巴的帐篷里，
依然闪着昏黄的油灯。

叶尔纳姑娘盖上毡被，
侧转脸孔对哥哥映着眼睛，
布鲁巴默默地斜靠在毡壁上，
拢住双手仿佛在打盹。

巴哈尔坐在火堆旁边，
像一尊青铜雕像静静地不动，
他在回忆妹妹方才的叙述，
苏丽亚惨遭鞭打的情景。

热血在他的胸中狂奔，
他为苏丽亚感到愤愤不平，
虽然苏丽亚并没有委身给他，

也没有向他表白爱情。

巴哈尔深爱着苏丽亚，
温淑的少女占据他整个心灵——
他爱她苗条的身材黑辫子，
还是爱她悠扬的歌声？

他爱她心地善良又纯真，
还是爱她同情穷困的牧民？……
巴哈尔虽然还难以揭开谜底，
爱情之火却越燃越猛。

布鲁巴也深知巴哈尔，
睁开眼睛慈蔼地向他发问：
"我永远心爱的孩子巴哈尔！
什么在折磨你的心灵？

"我是你父母的挚友啊！
十五年前他们饿死在风雪严冬，
我全靠着揽工和沿门弹唱，
抚养了你们兄妹二人。

"我白天盼来黑夜里盼，
盼你长成哈萨克真正的山鹰，
盼你为穷苦的乡亲争口气，
安慰我这孤寂的老人。

"如今你已经二十五岁，
已经到了选择配偶的年龄，
你看多少姑娘发疯地爱着你，
像阿黛、伊丽、萨尔琳……

"但你偏偏爱着苏丽亚，
你这样会给自己带来不幸，
别忘了她父亲是阿尔布满金，
她对你并没有什么恋情。

"孩子！快断绝邪念吧！
要站在地上不要飘在云中，
任你挑选哪个牧人的女儿吧！
让我活着看到你成婚。"

热情大胆的叶尔纳啊！
却忽然拥被坐起噘着嘴唇：
"亲爱的大叔！请你宽恕我，
我要为苏丽亚呼喊不平！

"她父亲是横蛮的头人，
她却偷偷周济断炊的乡亲，
别把头人的罪过加在她身上，
加给一个无辜的女人。

"你说她没有什么恋情？
她的心思我可知道得最清，
每当她悄悄问起哥哥的时候，
脸上才有幸福的笑容。"

巴哈尔轻轻拨着火堆，
像一尊青铜雕像静静地不动，
他思考妹妹每句话的分量，
苏丽亚为何不吐真情？

叶尔纳任性顶撞老人，
气得布鲁巴胡子不住抖动：

"叶尔纳！如今把你养大了，
鸟儿的翅膀已经长硬……

"巴哈尔！听我的话吧！
赶快砍断这条不祥的情根，
阿尔布满金要用她变换牛马，
我们哪有这么多聘金？"

叶尔纳掀开毡被跳起，
忘记了暴风雪过后的寒冷：
"大叔呀！你是匹识途的老马，
怎么就忘了当年的苦痛？

"哥哥啊！大胆地爱吧！
做个敢爱敢恨的哈萨克人！
你只要能获得苏丽亚的爱情，
管它什么头人和聘金！"

巴哈尔拨起一缕火苗，
像一尊青铜雕像静静地不动，
他喜欢妹妹的率直和大胆，
只有妹妹是他的知音。

布鲁巴气得扬起拳头，
看着叶尔纳却又十分心疼：
"傻丫头！还不钻进被窝去！
当心我抽掉你的牛筋！

"巴哈尔！不要固执了！
我们是没有身份的穷苦牧民，
怎能去高攀苏丽亚的父亲，
迈进头人豪华的帐篷？"

叶尔纳顺手披上毡被，
靠向布鲁巴露出乞求的神情：
"大叔呀！哥哥今天太累了，
你别再折磨他的身心。

"哥哥啊！去爱苏丽亚！
她生在富家比穷人更苦痛，
阿尔布满金鞭打自己的女儿，
比鞭打牛马还要凶狠。"

"因为她是一个可怜虫，
她不是阿尔布满金的亲生！"
布鲁巴忽然发觉自己失了言，
又怎能收回刮起的旋风？

巴哈尔被火灼痛手指，
猛然跳起丢掉拨火的木棍：
"大叔呀！你说呀，往下说，
她怎么不是头人的亲生？"

布鲁巴望着巴哈尔兄妹，
望着他们那四只期待的眼睛，
不由得簌簌地流下两行泪，
不由得摇头长叹一声——

"这事发生在十八年前，
知道的只有我和法伊扎大婶，
你们可千万不敢张扬出去，
当心送掉自己的性命！"

草原上远远有狼在嗥叫，
帐篷外羊群在咩咩地低鸣，

布鲁巴叙述着苏丽亚的身世，
她那凄苦悲惨的命运……

巴哈尔紧紧拳起双手，
手指甲掐破了自己的手心；
叶尔纳一头倒在布鲁巴怀里，
早就哭成了一个泪人。

五

乃曼部落洋溢着笑声，
红日映照着白雪喜气盈盈，
四邻的头人、毛拉 [1] 和牧主，
都带着珍贵的礼物来临。

阿尔布满金帐篷前面，
雪地里早已打扫出一块草坪，
那图案美丽鲜艳的花毡上，
坐满前来贺喜的贵宾。

阿尔布满金头缠白布，
黑绒袷祥领边上滚着金纹，
他连连点着头与客人交谈，
脸上浮起得意的笑容。

离开宾客不远的地方，
拥挤着全部落三百多个牧人，
男男女女穿戴着节日服装，
老老少少都一样兴奋。

---

[1] 哈萨克的宗教头领。

阿尔布满金端起奶茶碗，
殷勤地奉劝客人一饮再饮；
客人们也寻找最美好的字眼，
一心逢迎好客的主人。

阿勒尔毛拉拔出短刀，
将一只羯羝放倒在旷场中心；
各个部落的骑手拉着骏马，
并排站在土岗上待令。

客人们忽然停止谈笑，
牧人们屏声静气睁圆眼睛，
跑马刁羊的竞赛就要开始了，
阿尔布满金发出号令。

土岗上的十多个骑手，
飞跃上马背朝向羯羝狂奔，
观众们不禁放纵地怪声吼叫，
那声音震荡在山洼上空。

十多匹骏马齐头猛跑，
像一群流星飞过夏夜的长空，
后来巴哈尔纵马抢向前去，
像众星之中最亮的星星。

巴哈尔纵马跃向羯羝，
一只脚倒挂着鞍镫向右翻身，
仿佛山鹰攫取地上的野兔，
伸手将羯羝提在手中。

牧人们齐声狂热喝彩，
欢呼的声浪有如地裂山崩；

阿尔布满金捻着翘起的胡子，
听着客人啧啧的赞声。

布鲁巴拼命向前拥挤，
不住拭擦自己昏花的眼睛；
叶尔纳满含泪水鼓动着双手，
哥哥为部落争得光荣。

苏丽亚的心怦怦跳动，
不禁扬起银铃一样的笑声；
姑娘们向她投去嫉妒的眼光，
转脸又朝巴哈尔致敬。

巴哈尔提着羯羔奔跑，
骑手们纵马紧紧地随后追跟，
纷乱的马蹄扬起满天积雪，
扬起闪光的白色烟尘。

骑手们劈手夺去羯羔，
巴哈尔翻手把羯羔夺回手中，
反复地奔跑，反复地争夺，
反复卷过雷动的掌声。

骑手们相互争夺到最后，
羯羔已经被撕得鲜血淋淋；
这时阿尔布满金又发出号令，
巴哈尔走向他的头人。

巴哈尔俯身向客人道谢，
客人又巧妙奉承阿尔布满金，
奉承他教养了出色的骑手，
大家都分沾一份荣幸。

阿尔布满金满脸喜色，
邀请客人走进自己的帐篷，
他要用手抓羊肉和各种野味，
款待能说会道的贵宾。

六

一道阳光从天窗射进，
阳光里游动着薄雾似的灰尘，
它带着森林里神秘的色彩，
映照得帐篷内阴亮分明。

高贵的挂毯围满四壁，
宽大的地毯铺满整个帐篷，
而在那阳光射进的天窗底下，
洋炉燃烧得正旺正红。

客人们天南地北的闲谈，
谈论着天山两麓和巴里坤，
当他们谈到嘉峪关头的战火，
神色不安地压低嗓门——

"听说共产党全是汉人，
和我们哈萨克是水火不容。"
"听说共产党不拜至尊的胡大，
都不是虔诚的穆斯林。"

"听说共产党出没无常，
深山野林都有他们的脚踪。"
"听说共产党具有无边的魔法，
转眼就飞过高山大岭。"

"听说共产党满身火焰，

他们走过的地方寸草不生。"
"听说共产党喜欢愚蠢的穷汉，
却不欣赏智慧的富翁。"

客人们发生激烈的争执，
帐篷里顿时卷起狂涛暴风，
他们固执地重申自己的见解，
自己就像是智慧的化身。

有人说共产党还要西进，
有人说不会跨过新疆的边境，
有人说要听凭胡大的旨意，
有人说不许汉人进门……

各式各样的谣传和流言，
像乌云般沉重地压在人们头顶，
连自持镇静的阿尔布满金，
也感到窒息和心神不宁。

他打量着自己的家产，
这顶富丽而又舒适的帐篷，
锦缎的被褥配衬着鸭绒枕头，
箱柜上嵌满贝壳的花纹。

他有一个如意的家庭，
妻子阿格姆漂亮而又年轻，
苏丽亚眼看就换回一群牛马，
初生的婴儿多么可亲。

他还有五百多匹骏马，
还有那庞大的羊群和牛群，
他可以随心吃喝羊肉和马奶，

欣赏马驹羊羔的跳蹦。

万一有什么风吹草动，
巴里坤又发生可怕的战争，
谁知道仁慈而又严峻的胡大，
给自己安排什么命运？

阿尔布满金思来想去，
心头像针扎似的隐隐发痛，
当他用铁筷敲响发亮的茶炊，
帐篷里忽然静寂无声——

"我无比智慧的邻居们！
请听阿尔布满金赤诚的声音，
我们活着巴里坤是只金碗，
死去又葬进这只银盆。

"管他杨增新、金树仁，
还是盛世才、朱绍良、吴忠信，
任他们改朝换代地争夺江山，
谁也离不开我们头人。

"我们的家庭和财产啊！
如同我们的生命一样贵重，
谁尊重我们祖传的生活秩序，
我们就给谁缴纳税金。

"共产党到底是什么人？
风传的谣言千万不可轻信，
我们不能光靠两只耳朵去听，
还要靠亲眼看见为凭……"

阿尔布满金低头沉思，
他在极力搜索确切的辞令；
阿勒尔毛拉早猜透他的心思，
代替头人发表着高论——

"我们决不能轻举妄动，
只有祈求胡大来庇佑我们，
万一草原上燃起战争的烽火，
一生心血便化为灰烬。"

客人们钦佩毛拉的见解，
摇头晃脑称赞主人的贤明，
接着又端起新煮的奶茶畅饮，
肚子好像无底的深坑。

七

来自四邻部落的骑手，
挤满了头人的另一顶帐篷，
布鲁巴奉命用那残剩的茶饭，
接待跑马刁羊的英雄。

骑手们一边啃着羊骨架，
一边谈论着嘉峪关头的战争，
推测共军是否跨进星星峡，
猜想共产党是些什么人。

骑手们相互窃窃私议，
不禁联想到自己未来的命运，
他们那紧张又疑惧的神色，
引起布鲁巴思念一个人——

那还是七年前的秋天，
布鲁巴弹唱到乌鲁木齐城，
他无辜遭受到盛世才的迫害，
被关入暗无天日的监门。

同号房有一个共产党员，
光辉的名字应当称呼林恒，
他的家虽在富饶的鄱阳湖畔，
却是一无所有的雇工。

他后来参加了工农红军，
经历了惊天动地的万里长征，
为着团结盛世才抗日救国，
又来到这偏僻的山城。

而当盛世才扮脸一变，
便龇牙咧嘴残害从前的友人，
他每天被拷打得遍体鳞伤，
心却似雪山一样坚贞。

他像高举着一支火炬，
照亮了阴暗而又狭小的囚笼，
他又常常面带自信的微笑，
眺望窗外高飞的雄鹰。

他常常谈到敌人背后，
那儿战斗着八路军和新四军，
他坚信光明必定驱除黑暗，
中华民族将获得新生。

他常常谈到延安古城，
人民的力量像黄河日夜奔腾，

他坚信真理必定战胜邪恶，
中国将掀起革命洪峰。

他常常谈到党的领袖，
每时每刻关怀着各族人民，
他坚信浓密的阴云就要散去，
阳光将普照祖国全境。

他常常谈到党的目的，
共产主义是人类最美的黎明，
他坚信新的时代就要到来，
大地将响彻幸福歌声。

他那坚定有力的语言，
在难友心里撒下不灭的火种，
人们在法庭背诵这些语言，
就能经得起一切严刑。

一个秋风陡起的黑夜，
盛世才又传令提他出狱审讯，
他知道最后的日子到来了，
脸上仍浮着自信的笑容——

"再见了！我的难友们！
愿你们能活着看到太阳东升，
共产党员永远都砍杀不尽，
春风吹来草原又会发青！"

他迈开戴着铁镣的两脚，
高昂着头颅英勇地走出栅门，
不久便从监狱围墙的下面，
传来一阵猛烈的枪声……

布鲁巴在狱中沉思多日，
曾经手抚胸口向自己询问：
为什么这位热爱生活的汉人，
却不吝惜自己的生命？

布鲁巴有一天忽然贯通，
并将他的名字深藏在心中，
只有真正为信仰而战的勇士，
才能坚定得如同穆圣。

布鲁巴回忆遥远的往事，
心头充满无限希望和光明，
嘉峪关头正在西进的共产党，
莫非就是林恒的弟兄？

布鲁巴激动地张开嘴巴，
可是话到嘴边又咽进喉咙：
"反正我们穷得什么也没有，
管他谁来统治巴里坤？"

接着他全身匍匐在地，
虔诚地诵念一段可兰经文，
他祈求神圣而又贤明的胡大，
庇佑林恒的在天之灵。

八

客人们还在放怀畅饮，
忽天忽地争抢着说古道今，
从战争风险扯到奢侈的享受，
从教义拉到草原艳闻。

趁着客人们胡言乱语，
苏丽亚轻手轻脚走出帐篷，
怀揣着奶疙瘩、羊肉和饼子，
前去看望法伊扎大婶。

法伊扎早年死去丈夫，
儿子沙尔拜五年前忽然失踪，
女儿玛依努又被山洪卷走，
如今剩下她孤苦伶仃。

尽管遭遇是那么悲惨，
没有击倒这位倔强的老人，
虽然她干瘪的身子如同枯树，
脸上满布愁苦的皱纹。

苏丽亚生在头人家里，
头顶上永远压着不散的乌云，
父亲待她如同卑贱的奴仆，
后母咒她败家的精灵。

姑娘有着天大的不幸，
出生头一天失去生身的母亲，
她从小吃着法伊扎的奶水，
如今才能够长大成人。

命运将她们连在一起，
苏丽亚把大婶当做第二个母亲，
每当她遭受父亲横蛮的鞭打，
便去哭诉自己的苦痛。

命运将她们连在一起，
法伊扎把姑娘当做唯一的亲人，

她常常抚摸着苏丽亚的伤斑，
哭得两只眼又红又肿。

法伊扎今天看见苏丽亚，
吃惊地睁大两只昏花的眼睛：
"孩子！头人为着自己的体面，
把你打扮得多么动人！"

苏丽亚紧紧锁住眉头，
她从心底里厌惧阿尔布满金：
"大婶啊！请你别再提起他，
我们在一块多么高兴。"

苏丽亚倚在大婶的身旁，
帮她搓捻头人派给的毛绳，
她们像母女一样谈着知心话，
姑娘又问起生身的母亲。

苏丽亚有个难解的谜，
为什么每当问起自己的母亲，
法伊扎就慌乱地东拉西扯，
低下闪着泪光的眼睛？

她决心今天追出根底，
问清母亲临死的真实情景：
"大婶呀！请你对胡大发誓，
今天回答我一切疑问。"

法伊扎大婶多么为难，
她怎敢解开这多结的套绳？
这时候忽然从邻近的帐篷里，
传来嘹亮动人的歌声。

那是乃曼部落的歌手，
正在歌唱黑走马在草原驰骋，
这一支祖先传下的古歌哟！
谁听见也会血液沸腾。

法伊扎乘机拉着苏丽亚，
走进小河边布鲁巴的帐篷，
帐篷里一层一层坐满了听众，
听众一个个闭目凝神。

巴哈尔正在放声高歌，
忽觉心头上闪过熟悉的姿影，
十个手指不由得微微一抖，
转脸打量姑娘的周身。

苏丽亚今天多么漂亮，
紫花帽上的鹰毛不住颤动，
她穿着一件天青的对襟裙衫，
黑坎肩绣满各式花纹。

巴哈尔想起她的身世，
想起掌握姑娘命运的头人，
于是一种怜悯和憎恨的感情，
一起混搅在他的心中。

听众惊异地相互张望，
冬不拉怎么突然变了调门？
巴哈尔激动地编出一支新歌，
愤愤唱出人世的不平。

血泪谣

在那很远很远的年代，

很远的地方有一个世袭王公，
他的胸腔里吊着狼的心肺，
额头上长着狗的眼睛。

王公统治着一片草原，
操纵着千万个牧人的命运，
他整日带领狗腿子东游西逛，
是个吃喝玩乐的淫棍。

有一次王公出外巡猎，
走到一条清澈的小河之滨，
他忽然看到一个美貌的妇女，
这恶狼顿时起了歹心。

那个已经怀孕的女人，
新婚后刚建起幸福的家庭，
王公的调笑招来炙手的怒火，
她用辱骂回敬了王公。

王公又羞又恼又是恨，
黑天半夜装扮成一伙强人，
指使狗腿子砍杀了她的丈夫，
一把火烧掉她的帐篷。

王公得意地大笑而归，
遥指着火光夸赞自己的本领，
那女人被紧紧绑在马背上，
马蹄践踏着她的心灵。

王公把她强掳回部落，
又唯恐损害自己伪善的名声，
于是在远离部落的山谷里，

198

搭起一座狭小的囚笼。

王公白天封锁着山口，
从不许她和任何牧人接近，
他宣称自己刚买回一个妻子，
因触犯胡大害了重病。

王公黑夜像一只野兽，
在她的肩上留下青紫的牙印，
一只纯洁而又怯懦的天鹅，
遭受秃鹫的百般蹂躏。

她曾经下过多次决心，
想用匕首结束难言的苦痛，
但是又想到肚里蠕动的胎儿，
想到这粒复仇的火种。

她怀着希望忍辱偷生，
从初秋直到滴水成冰的严冬，
在一场暴风雪袭来的深夜，
有一个女孩痛苦诞生。

她抱过那初生的婴儿，
凄惨的笑掠过颤抖的嘴唇，
她见接生的大婶为人很忠厚，
便向她吐出千仇万恨。

谁知雪夜里有人偷听，
王公忽然像疯狗闯进帐篷，
他从靴筒里拔出锋利的短刀，
刺进年轻母亲的前胸。

年轻的母亲绝望挣扎，
卫护着怀里那条小小生命，
她一口死死咬住王公的右手，
在他的腕上留下伤痕。

残暴的王公动了杀机，
喝令狗腿子将婴儿投入雪坑，
多亏接生的大婶苦苦哀求，
终于保全下这条小命。

王公威吓接生的大婶，
有什么风声便要她的性命，
后来那大婶便用自己的奶水，
将这女孩子抚养成人。

王公的意志谁敢违抗？
狗腿子手里操着杀人的利刃，
那大婶只得把血泪的惨案，
深深埋在自己的心中。

这姑娘长到一十八岁，
却把万恶的仇人当做恩人，
任凭这仇人怎么鞭打辱骂她，
她还尊敬地称他父亲。

难道麻纸能包住烈火？
难道东风永不泄露出春讯？
难道世上真没有妙手的医师，
医治姑娘失明的眼睛？

难道果实会忘掉根本？
难道复仇的火焰会凝成冰凌？

难道这位终生懵懂的姑娘，
能够无愧地告慰双亲？

巴哈尔慢慢低下头来，
手指轻轻弹着山谣的尾声，
谁料他忽又挑起悲怆的调子，
猛然扬起脸盯住听众——

"正直而又诚实的乡亲！
请你们今夜思考我的询问：
人世间可有比这更大的悲哀？
可有比这更大的不公？"

男人们眼圈都已发红，
女人们都发出哽咽的泣声，
法伊扎咬住牙关双手蒙着脸，
跌跌撞撞地冲出帐篷。

苏丽亚意识到了什么？
为什么脸色苍白两眼失神？
后来她忽然凄厉地尖叫一声，
昏昏沉沉地追赶大婶……

九

静静的巴里坤草原啊，
依托着连绵陡峭的天山，
和那浩瀚的戈壁与酷热严寒，
有如一潭静止的山泉。

这儿曾经发生过动乱，
那时代离现在已非常遥远，

牧人们回忆到那连年的战争，
便会感到恐惧和厌倦。

这儿和一切地方相同，
一面是豪华和无比的野蛮，
一面却是贫穷、眼泪和饥寒，
而且比一切地方更明显。

这短暂的黑夜和白天，
代表了巴里坤的万载千年，
但是牧人们顺从胡大的意旨，
忍受着难以忍受的苦难。

静静的巴里坤草原啊！
有如一潭静止不流的山泉，
哈萨克生在这儿又死在这儿，
在这儿安葬自己的祖先。

但是嘉峪关头的硝烟，
终于飘过了星星峡和天山，
那风传的谣言好像一块石子，
在这潭静水里激起波澜。

1959.3.4. 脱稿于兰州

1961.12.1. 四改于北戴河

第三部　第五章 [1]

人们问：为什么唱古老的歌？

他说：激励你们捍卫新生活。

——引自旧作《天山牧歌》

---

[1] 这是《复仇的火焰》第三部最后一章，平叛大军和牧民联欢，巴哈尔唱起一只流传
在哈萨克族人之间的古老的歌谣，反衬他和苏丽亚的结合。

请乡亲围到我的身边，
听我用心灵铮铮地拨动琴弦，
我要唱一支古老的哀歌哟！
唱出大夜弥天的草原。

请乡亲坐在我的身边，
听我的热血像激流滚滚翻卷，
我要唱一支古老的哀歌哟！
唱出牧人命运的悲惨。

洁白的特克斯山峰哟！
为什么日夜沉闷地倚在天边？
那是牧人哈山紧按着腰刀，
还在寻找逃遁的可汗。

清澈的玛图什河水哟！
为什么日夜潺湲地流过草原？
那是孜汗姑娘抛洒着泪水，
还在哭诉终生的哀怨。

风雨洗去斑驳的血痕，
岁月拭净了烙在心头的苦难，
这一支叙说爱情的哀歌哟！
怎么一直传唱到今天？

何必卖弄玄妙的哲理，
听完这支歌你便会得到答案，
我是个深知听众的歌手哟！
唱罢歌头就言归正传。

第一曲

谁说奔跃的麋鹿矫健？

奔跃的麋鹿怎么比得上孜汗？
姑娘那轻捷如风的姿影哟！
羞得麋鹿躲藏在深山；

孜汗如若是走进峡谷，
抱着心爱的羊羔寻找醴泉，
浓绿的松林便为她闪开道路，
萋草为她把道路铺展。

谁说桃红的朝霞美丽？
桃红的朝霞怎么比得上孜汗？
姑娘那光润似玉的面颊哟！
羞得朝霞消隐在天边；

孜汗如若是跪坐湖滨，
对着粼粼的湖水梳洗打扮，
温柔的天鹅便在她头顶翱翔，
鲤鱼嬉游在她的指尖。

谁说聪明的百灵会唱？
聪明的百灵怎么比得上孜汗？
姑娘那婉转动人的歌喉哟！
羞得百灵也不敢叫唤；

孜汗如若是临风高歌，
清脆的歌声好似珍珠滚圆，
山林的百鸟便赶来齐鸣伴奏，
人间的仙乐飘上青天。

谁说勤劳的蜜蜂能干？
勤劳的蜜蜂怎么比得上孜汗？
姑娘那十个灵巧的手指哟！

羞得蜜蜂也暗地赞羡；

孜汗如若是精心刺绣，
绣出的花卉如同宝石鲜艳，
五色的蝴蝶便成群结队飞来，
扑采着花蕊团团旋转。

赞罢高贵的草原仙子，
暴君乌拉拜独生的女儿孜汗，
请乡亲允许我润一润嗓子，
再夸贫贱的奴隶哈山。

碧海青天满布着星辰，
长夜里点起闪闪发光的天灯，
星辰里最亮的是哪一粒哟！
人人都说是这粒金星——

哈山是个朴实的牧人，
特克斯山赐予他纯正的心灵，
他眼里燃烧着火焰的光芒，
胸中蕴藏海涛的感情。

原始森林覆盖着山峰，
伸出苍翠的臂膀支撑着穹隆，
森林里最高的是哪一棵哟！
人人都说是这棵青松——

哈山是个魁梧的牧人，
玛图什河赐予他浑身的蛮劲，
他一掌劈断过拴马的石桩，
双手托起煮牛的铁鼎。

无边荒野奔驰着骏马，
跋山涉水显耀着无比的威风，
骏马里最好的是哪一匹哟！
人人都说是这匹黑鬃——

哈山是个骁勇的牧人，
索乐森林赐予他超绝的本领，
他套狼射虎赢得煊赫声誉，
风沙戈壁上留下脚印。

辽阔草原抚育着骑手，
早出晚归牧放着可汗的畜群，
骑手里最能的是哪一个哟！
人人都说是这位英雄——

哈山是个勤苦的牧人，
阿里草原赐予他坚韧的个性，
他蔑视烈日和热风的威力，
不畏冰天雪地的寒冬。

第二曲

谁知飘过多少次雪花？
谁又知吹过多少次万里长风？
那枯黄的阿里草原又绿了，
哈山爱上美丽的夜莺；

哈山爱看她翩跹起舞，
爱听她唱出心房深处的歌声，
每当孜汗从他的身边走过，
青年的血液疯狂奔腾。

谁知出过多少次太阳？
谁又知落过多少次满天繁星？
大雁又飞回索乐森林来了，
孜汗爱上英俊的花鹰；

孜汗爱看他驯服骏马，
爱听他挥响鞭梢吆赶着羊群，
每当哈山向她迎面地走来，
姑娘的心脏剧烈跳动。

哈萨克喜爱节日对唱，
歌声为青年小伙酿制着爱情，
哈山就趁机凑到孜汗身边，
听她从深夜唱到黎明。

哈萨克喜爱节日赛马，
骑术给成年的姑娘指点情人，
孜汗就趁机仔细打量哈山，
看他扬起鞭纵马飞奔。

爱情有如火热的岩浆，
终于喷出无比坚硬的地层，
相思又好像一坛浓烈的白酒，
终于醉倒豪饮的牧人。

在座的听众不必哗笑，
谁又能终生不举起这只酒盅？
请乡亲允许我松一松领扣，
放声歌唱他们的定情。

一个月光皎洁的静夜，
哈山和孜汗初次相会在河滨，

他们隐在灌木丛林的后面，
相互倾诉隐秘的衷情——

"我们哈萨克分明一样，
可汗却硬把哈萨克划成几等，
他对富有的巴依笑脸相待，
冷眼瞪着穷苦的牧人。"

"虽说我是可汗的女儿，
可是我的心却不在他的帐篷，
我追求那海阔天空的世界，
并非悬在架上的鸟笼。"

"那些巴依们有牛有马，
每根汗毛都贵如稀有的白金，
我们牧人手中只有根鞭杆，
骨头也贱似污黑的畜粪。"

"虽说我是可汗的女儿，
可是我憎恶那些毛拉和头人，
富有的巴依心地并不洁白，
黑骨头倒是亮如乌金。"

哈山舒展有力的臂膀，
孜汗像羊羔投入他的怀中，
一条红线联系起两人的命运，
满月含笑为他们证婚。

打从这一个静夜开始，
他们常常幽会在深山老林，
小河的流水洗净他们的足迹，
薄雾掩蔽他们的身影。

只有多嘴饶舌的山风，
无意间泄露他们欢欣的笑声，
怀恨的巴依趁机大放流言，
乌拉拜可汗大发雷霆。

暴君将孜汗囚进帐篷，
一把锁隔断了两颗相连的心，
白骨头怎么能下嫁黑骨头？
奴隶怎么敢高攀王公？

第三曲

秋风飒飒地吹过山冈，
疏疏的寒星洒下昏黄的光芒，
哈山沿着小河孤独地徘徊，
他的歌声是那样凄凉——

"没有爱的心多么寂寞！
我的姑娘哟！如今藏在何方？
你在甜美的梦中可曾听见，
长夜里有人为你歌唱？"

孤雁啼叫着飞过夜空，
河边游荡着一只离群的黄羊，
哈山手抚红柳连声的叹息，
他的歌声是那样悲伤——

"没有爱的心多么痛苦！
我的姑娘哟！怎不随风而降？
你那颗醒来的心可曾记起，
高山流水相会的地方？"

哈山抬起头四下张望，

谛听群山的回声在草原荡漾，
这时候孜汗像一只小马驹，
仓皇地跳到他的身旁——

"我日夜思念的花鹰哟！
你的歌给我冲出囚笼的力量，
我真愿变成那夹银的鞍镫，
永远配在骏马的背上。"

哈山忿忿地拔出腰刀，
那把刀深夜里闪射着蓝光，
孜汗用双手紧紧地抓住刀柄，
脸颊贴着哈山的胸膛——

"我生死相从的花鹰哟！
请压住心头的怒火不要卤莽，
快带我远远地逃往外地吧！
永生永世的甜苦共尝。"

哈山长叹着收回腰刀，
刀柄和刀鞘碰击得铿锵作响，
他紧紧搂抱着颤抖的孜汗，
眼睛迸发出两道剑光——

"我心灵深处的夜莺哟！
眼前的出路只有到外乡流浪，
愿胡大祝福我们真诚相爱，
永生永世要祸福同当。"

情人幽会不觉秋夜浓，
热烈地拥抱溶去满身的寒霜，
时间从柔情的低诉里逝去，

东方露出了一抹曦光。

第二天牧人匆匆忙忙，
拆掉帐篷吆赶起可汗的牛羊，
请乡亲允许我紧一紧琴弦，
再唱这对情人的逃亡。

牧人的行列绕过山角，
成群的牲畜像在大海里荡漾，
孜汗紧勒住马缰向前望去，
哈山投来示意的目光。

孜汗溜下马钻进松林，
随后放马奔回约定的地方，
她登上山头打量萧条的山谷，
直到太阳悄然地下降——

"水草丰美的夏窝子哟！
是我们哈萨克人美丽的故乡，
如今旷野里不见一个人影，
天空和大地一片苍茫。

"风光明媚的夏窝子哟！
是我们阿里草原热闹的牧场，
如今只有狼群在呜呜嚎叫，
晚风在耳边呼呼发响。

"百灵躲进温暖的草窝，
聪明的燕子飞向遥远的南方，
你们都已找到幸福的归宿，
我的家又在什么地方？"

而当夜雾缓缓地升起，
搬家的牧人昏昏走进梦乡，
这时候哈山跃上骏马的脊背，
骏马四蹄飞溅出火光——

"我的黑鬃马快快跑呀！
快快跑到那长满青松的山岗，
我的孜汗已经等得着急了，
荒山僻野会遇到恶狼。

"我的黑鬃马快快跑呀！
快快跑到那站立孜汗的山岗，
我的心要从嘴里跳出来了，
晚风会吹透她的衣裳。"

跃过草原闪光的小河，
驰过草原魔影幢幢的土岗，
哈山鞭打着骏马拼命地奔跑，
约会的山头已经在望。

弦月静静地爬上树梢，
流星来往穿梭在暗蓝的穹苍，
孜汗眼中含满感激的泪水，
俯身狂吻哈山的靴帮。

第四曲

骏马长嘶着迎来黎明，
哈山将孜汗扶上骏马的鞍镫，
他皱着眉头眺望天上地下，
抽刀斩断身边的青松——

"金色的山是我的严父，

银色的草原是我慈祥的母亲，
哪位父母不爱自己的子女，
这里怎么不容我藏身？

"绿色的树是我的姐妹，
青色的河流是我亲密的弟兄，
哪个亲人不爱自己的手足，
这里怎么不许我求生？"

孜汗驱马靠向他身边，
在哈山耳畔叙说自己的决心，
她脸上流露出悲戚的微笑，
两道目光却无比坚定——

"我们两个人贪夜私奔，
已经是乌拉拜眼中的铁钉，
我们要双双地飞向天涯海角，
赶快逃出暴君的掌心。

"我如今是自由的天鹅，
不再是那锁在架上的百灵，
我能够跟随你飞过高山大河，
坚强的力量来自爱情。"

晨风啊！收起了芦笛，
白云啊！不再舞轻飏的纱巾，
我们的哈山马上要离去了，
山林失去英俊的花鹰。

鲜花啊！脱下了珠冠，
清泉啊！不再弹叮咚的弦琴，
我们的孜汗马上要离去了，

草原失去美丽的夜莺。

一对情人并着马走了，
马蹄踏着山头上静止的白云，
白云忍不住哗哗流下眼泪，
雨点激起淡淡的烟尘。

穿过重重迷蒙的雾气，
哈山和孜汗双双地飞下山峰，
一条大江忽然间挡住去路，
惊涛在峡中引起轰鸣。

哈山用腰刀砍伐树木，
花鹿也赶来帮助他拖出山林，
他要编造一个牢固的木筏，
携带着孜汗飘过江心。

孜汗从山谷提来泉水，
青羊也赶来帮助她牴出火星，
她要烧滚一壶香甜的奶茶，
驱除折磨哈山的疲困。

他们从清晨忙到中午，
又从中午忙到了夜色深沉，
砍倒的树木已经编接到一起，
救命的木筏就要造成。

远处升起冲天的大火，
暴烈的战鼓震撼得山摇地动，
请乡亲允许我变一变调子，
叙说可汗发来了大兵。

孜汗扑在哈山的怀中，
像一片落叶在风前不住颤动，
她听着那越敲越急的鼓点，
满脸都是绝望的神情——

"前面啊！大江在奔腾，
身后啊！是持刀挥戈的追兵，
哈山啊！我们往哪里躲避，
胡大啊！快拯救我们。"

哈山紧搂孜汗的腰肢，
一缕火焰燃起了战斗的决心，
他仰脸喷吐出满腔的愤怒，
化作惊天动地的吼声——

"暴君啊！苦苦的相逼，
胡大啊！给我们安排了厄运，
孜汗啊！举起手中的刀剑，
战斗啊！从死里求生。"

可汗的大军越逼越近，
狂吼着追捕这对叛逆的情人，
哈山拔出嚯嚯发响的腰刀，
腰刀载着他千仇万恨。

哈山冲入敌人的战阵，
敌人的鲜血染红了江水山峰，
英雄的哈山越战力量越大，
可汗越战越肉跳心惊。

毒蛇喷溅腥臭的白沫，
怀恨的巴依向可汗献出黑心，

哈山的骏马前蹄磕碰大地，
预示着灾难就要来临。

敌人从山头撒下黄沙，
迷住英雄那两颗明亮的星星，
暴君乘机掳回悲恸的孜汗，
长剑刺进哈山的前胸。

第五曲

月亮不停地追赶太阳，
严寒的背后跟随明媚的春光，
哈山满怀痛苦地熬过半年，
栖歇在山谷独自养伤。

满山的野花陡然绽放，
连绵起伏的山峦披上了新装，
成双的燕子又从南方飞来，
静寂的山谷鸟语花香。

哈山默默地坐在洞口，
那失神的眼睛呆呆望着远方，
解冻的江水在他脚下奔流，
触动他对往日的回想。

白云从哈山手边飞过，
他眼前展现一片宽阔的牧场，
马群踏起遮天蔽日的尘土，
羊羔和牛犊嬉游山冈。

每当欢乐的节日到来，
他便和伙伴在河滩跑马刁羊，
当他纵马驰过欢呼的人群，

孜汗送来赞赏的目光。

每当盛大的喜庆到来，
他便和孜汗坐在荡漾的湖旁，
饱尝那青春和爱情的美酒，
霞光飞落在他们身上。

故乡也许像往年热闹，
但是哈山的心头却感到迷惘，
部落再好也无法立足存身，
难道他注定终生流浪？

故乡也许像往年秀丽，
但是哈山的心里却充满悲伤，
草原再好又能有什么意味，
难道他失去生活力量？

太阳渐渐地落向山后，
轻旋的晚风引起山谷的回响，
骏马发出一阵快乐的嘶鸣，
欢跳着跑到他的身旁。

这匹飘甩黑鬃的骏马，
是祖母临终赠给哈山的翅膀，
请乡亲允许我绕一绕弯子，
增添一段必要的插腔。

哈山轻抚骏马的长鬃，
不禁想起祖母的智慧和慈祥，
祖母是位会讲故事的能手，
赋予孩子生活的理想——

"博克达坂有一个天池，
库尔班圣人住在山坳的池旁，
他公正地解脱世人的苦难，
及时的甘霖洒落牧场。

"他有着太阳似的光辉，
他还有普度众生的慈善心肠，
他爱牧人犹如亲生的子女，
永远伸出温暖的手掌……"

山谷流荡松林的涛声，
野玫瑰在星光下争相开放，
清新的空气像马奶一样芬郁，
祖母的语言就是希望。

哈山忽然间奋身跃起，
像一棵再生的赤桦兀立山岗，
他翻手抽出那生锈的腰刀，
浑身充满勇气和力量——

"天池如有真正的圣人，
他该会治愈我心灵的创伤？
博克达坂如若有指路的明灯，
该会把我的眼睛照亮？

"我明天就要催动骏马，
虔诚地到天池去把圣人拜访，
哈山善走万里迢迢的长途，
不畏雪山冰河的阻挡。"

第六曲

博克达坂高耸在天空，

白云遮住了它巍峨的腰身，
看起来它和草原紧密的相连，
走起来相隔万重山峰。

博克达坂山坳的天池，
青雾罩住了它真正的面容，
它周围环绕千条闪光的冰河，
发出惊心动魄的响声。

黑鬃马载着哈山前进，
马蹄飞快地跃过黎明和黄昏，
矫健的马犹如带翅的鹏鸟，
扑楞楞飞入浓重的云层。

哈山鞭打着骏马飞奔，
牧人顽强地顶着暴雪和狂风，
年轻的心犹如穿云的响箭，
嗤溜溜射向神秘的太空。

哈山走了九十零九天，
顺着崎岖的小路盘旋前进，
他走着走着看到山顶的积雪，
看到山坳苍郁的松林。

哈山走了九十零九天，
顺着陡峭的山坡向上攀登，
他走着走着听到池水的动荡，
听到池畔呦呦的鹿鸣。

哈山走了九十零九天，
苍翠的松枝拂去他满身沙尘，
他已来到圣人隐居的地方，

胸中荡起希望的波纹。

哈山走了九十零九天，
碧蓝的池水洗净他心头悲痛，
他已来到圣人隐居的地方，
胸中流出欣喜的歌声——

"孜汗啊！你看到我吗？
我正在穿过天池岸畔的密林，
为着追求我们未来的幸福，
我将叩击圣人的大门。

"孜汗啊！你看到我吗？
我已经登上博克达坂的峰顶，
圣人将给我们美好的祝福，
成全我们忠诚的爱情。"

在座的听众不要高兴，
朗朗的晴空也会有不测风云，
请乡亲允许我敞一敞衣襟，
我的心中是这样窒闷。

霹雷召唤来一阵大雨，
雨后天池上扯起一道彩虹，
彩虹又化成一座拱形的大桥，
桥上走下来一位老人——

"是谁闯进了我的花园？
是谁惊扰了我这宁静的天庭？
是谁触怒看守门户的暴雷？
是谁扬起世俗的歌声？"

哈山像昏昏走入梦境，
凝视迎面走来的库尔班圣人，
他猛然跪倒在老人的脚下，
哭诉胸中郁结的苦痛——

"我是苦海里游来的人，
我走过的道路上洒满泪痕，
两颗相爱的心被可汗撕碎了，
愿你把幸福赐给我们。"

圣人冷冷地推开哈山，
嘴角浮起一丝狰狞的笑容，
他伸手拉过哈山那匹黑鬃马，
睐起一双贪婪的眼睛——

"从此你再难见到孜汗，
这是胡大不可侵犯的旨令，
难为你翻山越岭送来了礼品，
这匹宝马是我的仆人。"

这时候满天风吹云动，
库尔班圣人倏然隐入雾中，
猛烈的雷雨掳走哈山的骏马，
天池四周是一片迷氛。

哈山怒视浩渺的长空，
拔出腰刀劈砍峥嵘的山峰，
崩落的巨石滚下了万丈深谷，
英雄发出挑战的呼声——

"雪山高高地拱在空中，
它挡不住光辉的太阳上升，

它若想挡住太阳去普照大地，
除非比青天再高三分；

"凶狠的可汗手持腰刀，
他砍不断牧人忠诚的爱情，
他若要砍断盛开的爱情花朵，
除非没有男人和女人！"

第七曲

传说群山是恶魔的化身，
它具有无边的法力和本领，
谁如果敢于惊动沉睡的恶魔，
它便会抛来一座山峰。

哈山踏上恶魔的胸膛，
哈山的歌声惊醒恶魔的美梦，
哈山抽刀斩断恶魔的臂膀，
哈山勇猛地向恶魔进攻！

恶魔抛出最后的山峰，
嶙峋的巨石压在哈山的头顶，
哈山从昏迷中渐渐地醒来，
拭去血迹又扬起歌声——

"铁链只能够锁住绵羊，
在烈马眼里还不如一条草绳，
群山啊！怎么能挡住我的去路？
希望永远召唤我前进！"

传说大河是烈性的毒蛇，
它生就了粗暴残忍的个性，
谁如果敢于走到毒蛇的身边，

它便会卷来一阵山洪。

哈山踩住毒蛇的尾巴，
哈山双手紧扼着毒蛇的脖颈，
哈山抽刀砍掉毒蛇的牙齿，
哈山喘息着向毒蛇进攻！

毒蛇掀起最大的浪头，
浑浊的漩涡将哈山捆在河心，
哈山从昏迷中渐渐地醒来，
游上对岸又扬起歌声——

"猛虎不走回头的道路，
雄鹰藐视满天密布的乌云，
大河啊！怎么能挡住我的去路？
誓言永远催动我前进！"

在座的听众不必欢欣，
我们的哈山也才只两战获胜，
请乡亲允许我脱一脱袷袢，
唱他三闯胡大的魔阵。

传说戈壁是无边的瀚海，
它曾经吞没过万马和千军，
谁如果敢于闯进瀚海的怀抱，
它便会埋葬谁的生命。

哈山向着瀚海走来了，
哈山的双脚沿途淋下血痕，
哈山双手高举起卷口的腰刀，
哈山挣扎着向瀚海进攻！

瀚海发出疯狂的笑声，
嘲笑哈山用鸡蛋去撞击石磙，
瀚海呼啸着召来飞沙走石，
击倒精疲力尽的英雄——

"我一定要去寻找孜汗，
我不怕胡大调遣的一切精灵，
腰刀啊！在我们见面的那一天，
你就是位忠实的证人。"

哈山最后抬起头瞭望，
故乡的青山已经离自己很近，
但是沙石却铺天盖地飞来，
哈山无力地闭上眼睛……

第八曲

嫩绿的酥油草枯萎了，
因为草丛里飞走英俊的花鹰，
孜汗姑娘的容颜也憔悴了，
因为她失去心上的情人。

乌拉拜的帐篷冷落了，
因为听不到孜汗姑娘的笑声，
残暴的可汗也感到孤寂了，
因为牧人们都面带愁容……

可汗召来最好的歌手，
他们都有珠圆玉润的嗓门，
但是真正的歌随着哈山逝去，
谁也得不到孜汗的欢心。

可汗召来最好的骑士，

他们都有穿云射箭的本领，
但是真正的英雄已经失踪了，
谁也驱不散孜汗的悒闷……

孜汗等了整整三百天，
仍然不见日夜思念的情人，
她吹熄陪伴自己的那盏孤灯，
两眼凝视漆黑的篷顶——

"我忠诚相爱的花鹰啊！
你是不是还飞在广阔的天空？
我的两只眼睛已经望穿了，
盼望你掷下一支花翎。"

孜汗等了整整三百天，
仍然不见时刻等待的情人，
她神魂不定走出自己的帐篷，
不尽的泪水滴落草坪——

"我生死相依的歌手啊！
你是不是还活在人世之中？
我这颗破碎的心已经滴血了，
请听我这最后的歌声。"

在座的听众不要叹息，
真诚相爱的男女都同样痴心，
请乡亲允许我脱一脱毡帽，
接唱人生更大的悲痛。

孜汗已等到最后一夜，
四周只有无声飞驰的流云！
她脸上突然泛起绝望的惨笑，

双膝跪倒仰望着长空。

孜汗已等到最后一夜，
四周只有低声呜咽的山风！
她右手举起短刀横放在胸前，
一曲悲歌啊发自胸中——

"游动在太空的月亮啊！
请你赶快穿出那浓重的云层，
请看我捧出这颗纯真的心，
我求你永远为我作证。

"闪烁着青光的短刀啊！
虽说你是致人死命的利刃，
但是你今夜却做了一件好事，
成全孜汗坚贞的爱情……"

第九曲

哈山感觉到浑身轻松，
是谁推倒了他身上的沙岭？
是他，一位白发苍苍的老头，
他是一位善良的牧人！

哈山感觉到心头清醒，
是谁背起他在戈壁上飞奔？
是他，一位英气勃勃的青年，
他是一位勇敢的猎人！

哈山慢慢地睁开眼睛，
灯光下出现乡亲熟悉的面孔，
人们热烈地向他伸出双手，
祝贺他重新获得生命。

哈山慢慢地竖起耳朵，
耳边飘过了孜汗熟悉的歌声，
那歌声多么遥远而又缥缈，
歌声充满悲伤和怨恨——

"游动在太空的月亮啊！
请你赶快穿出那浓重的云层，
请看我捧出这颗纯真的心，
我求你永远为我作证。

"闪烁着青光的短刀啊！
虽说你是致人死命的利刃，
但是你今夜却做了一件好事，
成全孜汗坚贞的爱情……"

哈山只听得胆战心惊，
预感的不幸难道真的来临？
他忍着浑身的伤痛蓦然跃起，
接过牧人手中的缰绳。

花鹰重新插上了翅膀，
哈山驾驭骏马向歌声飞奔，
他骑在马上拼命地扬鞭吆喊，
爱情之火烧尽了疲困。

在座的听众不必议论，
长歌的结尾确实违背了人心，
请乡亲允许我抚一抚胸口，
凭吊哈山忠诚的殉情。

晚了，骏马跑得太慢了！
时间陡然中止了孜汗的歌声，

哈山只见她手中刀光一闪，
刀尖溅满猩红的血痕。

晚了，骏马跑得太慢了！
胡大已经夺去了孜汗的生命，
哈山扯破衣襟高声地呐喊，
草原滚过凄厉的回音——

"你这冷酷无情的胡大！
哈山永远反抗你安排的命运，
我如今终于和孜汗见面了，
虽然她脸上失去笑容。

"你这幸灾乐祸的圣人！
哈山永远不服你预卜的命运，
我如今终于和孜汗见面了，
虽然她已经合拢眼睛。"

哈山倒在孜汗的身边，
一腔热血浸透了松软的草坪，
那一把永不离身的腰刀啊！
真正成为爱情的见证。

红柳看见他俩的遭遇，
卷起枝叶低低地伏在地上，
只有那狂风暴雨突发的黑夜，
仍然笼罩在草原上空。

牧人听到他俩的遭遇，
攥起拳头忿忿地记下仇恨，
只有巴依们还在狂饮着马奶，
发出荒淫无耻的笑声……

请乡亲暂且不要走动，
请听我巴哈尔最后的琴音，
古老的曲调像山势有起有伏，
琴声像河水有涨有平。

请乡亲暂且不要喧哗，
请听我巴哈尔最后的歌声，
哈萨克唱歌从来是有头有尾，
听故事也要有始有终。

这虽然是个爱情传说，
如同帐篷里一块小小菱镜，
但是它却能映出月亮的圆缺，
照出万里长空的阴晴。

古老的年代已经逝去，
这一支哀歌又获得新的听众，
请问在座自由相爱的男女，
能否理解歌手的用心？

请乡亲不必热烈鼓掌，
巴哈尔当不起这感谢的深情，
你们若据此对比两个时代，
就是歌手最大的成功。

请乡亲不必狂热喝彩，
巴哈尔热诚地欢送大家启程，
你们若据此谱写新的故事，
就是歌手终生的荣幸。